MENSAGEIROS DA PANDEMIA

Catalogação na Fonte
Elaborado por: Josefina A. S. Guedes
Bibliotecária CRB 9/870

J831m
2023

José, Professor Elias
Mensageiros da pandemia / Professor Elias José. – 1 ed. – Curitiba : Appris, 2023.
149 p. ; 23 cm.

ISBN 978-65-250-5299-1

1. Ficção brasileira. 2. Covid-19. 3. Arte. 4. Santos. I. Título.

CDD – B869.3

Editora e Livraria Appris Ltda.
Av. Manoel Ribas, 2265 – Mercês
Curitiba/PR – CEP: 80810-002
Tel. (41) 3156 - 4731
www.editoraappris.com.br

Printed in Brazil
Impresso no Brasil

Professor Elias José

MENSAGEIROS DA PANDEMIA

Appris
editora

FICHA TÉCNICA

EDITORIAL Augusto Coelho
Sara C. de Andrade Coelho

COMITÊ EDITORIAL Marli Caetano
Andréa Barbosa Gouveia (UFPR)
Jacques de Lima Ferreira (UP)
Marilda Aparecida Behrens (PUCPR)
Ana El Achkar (UNIVERSO/RJ)
Conrado Moreira Mendes (PUC-MG)
Eliete Correia dos Santos (UEPB)
Fabiano Santos (UERJ/IESP)
Francinete Fernandes de Sousa (UEPB)
Francisco Carlos Duarte (PUCPR)
Francisco de Assis (Fiam-Faam, SP, Brasil)
Juliana Reichert Assunção Tonelli (UEL)
Maria Aparecida Barbosa (USP)
Maria Helena Zamora (PUC-Rio)
Maria Margarida de Andrade (Umack)
Roque Ismael da Costa Güllich (UFFS)
Toni Reis (UFPR)
Valdomiro de Oliveira (UFPR)
Valério Brusamolin (IFPR)

SUPERVISOR DA PRODUÇÃO Renata Cristina Lopes Miccelli

ASSESSORIA EDITORIAL Miriam Gomes

REVISÃO Cristiana Leal

DIAGRAMAÇÃO Renata Cristina Lopes Miccelli

CAPA Sheila Alves

Dedico este livro a todas as pessoas que fizeram parte do grupo de teatro Raios-X Cultural.

Dedico a todo o elenco e toda a equipe da parte técnica, como os operadores de som e luz e a equipe que atuava nas coxias, os contrarregras dos efeitos sonoros e visuais, as carinhosas maquiadoras e os incansáveis assistentes de palco e plateia.

Dedico também aos corajosos voluntários da vacina contra a Covid-19, aos médicos sanitaristas, cientistas, pesquisadores e às pessoas de boa fé.

Em três anos, a tecnologia avançou, as paisagens se modificaram, o mundo entrou na pandemia confirmando o verdadeiro apocalipse.

Foi preciso semear nos corações das pessoas a esperança de que a pandemia passaria à medida que as vacinas fossem ministradas na maior parte da população.

A esperança em plantar os sonhos de voltar a uma vida normal, em viver e respirar e conviver com seus familiares e com toda a sociedade.

Crescemos em números de pessoas no país e no mundo, mas também em expertise com o avanço da área de saúde com o uso da vacina para combater várias pandemias.

AGRADECIMENTOS

Agradeço a Deus pela oportunidade e permissão de nascer e ser criado em lar cristão, por abençoar minha mãe, meu pai que sempre me ensinaram a trilhar o caminho do bem.

Agradeço a Deus por abençoar toda minha família, minha esposa que sempre está do meu lado.

Agradeço a Deus por abençoar as minhas filhas Erika e Renata, que trilharam essa viagem teatral comigo.

Agradeço a Deus por abençoar meus irmãos e irmãs, amigos e familiares.

Agradeço a Deus por colocar pessoas boas em minha vida como os parceiros culturais.

Agradeço a Deus pela iluminação pelo entendimento e sabedoria.

Tudo vale a pena, quando a alma não é pequena.

(Fernando Pessoa)

APRESENTAÇÃO OBJETIVA

Esta é uma história alegre, divertida e cheia de mistérios que vai fazer sua imaginação voar para o infinito, vai fazer você soltar suas asas para sonhar com os limites do universo, explorando, de forma consciente e corajosa, os desafios da vida. Vai fazer você perceber como é gratificante a realização do dever e da missão cumprida.

Seja bem-vindo a esta leitura, aos pontos turísticos exóticos e pitorescos de algumas cidades mais lindas do mundo. Vamos apreciar e valorizar a história da arte, da cultura, da dança, do teatro, da música e dos costumes típicos e nos contagiar com a alegria dos povos e das nações.

Nesta leitura você vai se divertir, se comover e experimentar muita adrenalina como se estivesse realmente no meio de protestos e manifestações históricas.

MENSAGEM

O trabalho social é sem dúvida nossa maior distração e gera uma energia boa e positiva que contagia e alegra o coração de toda pessoa.

O cidadão sem pré-conceitos faz a diferença na comunidade e a transforma em um espaço acolhedor para compartilhar a liberdade de expressão, a troca de ideias e o fortalecimento de laços de amizade, que são carregados de bom grado para a vida inteira como gratificação.

SUMÁRIO

INTRODUÇÃO

Os sonhos e as profecias trazem a revelação de muitos mistérios, desde os tempos mais remotos, como ocorreu com José, que se tornou governador do Egito, e com o profeta Daniel, cativo na cidade de Babilônia.

As viagens que fazemos, de forma física, virtual ou astral, nos levam ao passado, ao presente e ao futuro, no tempo e no espaço. Isso nos possibilita uma visão mais significante da vida real que vivemos.

Sonhar não custa nada, em sonho nós somos invencíveis, fazemos a história acontecer da nossa maneira, do nosso jeito.

Em nosso sonho, temos acesso irrestrito a lugares, épocas e períodos, com recursos mentais ilimitados, desvendando segredos, códigos e mistérios.

Somos vencedores em sonho porque somos dono da ação do vento, das ondas do mar, do nosso destino e da nossa própria aventura.

Capítulo 1

O SONHO 78

Em dezembro de 2018, o professor Santos chamou todos os voluntários, educadores bolsistas e amigos do teatro que realizavam atividades de lazer, cultura e artesanato, aos finais de semana, com a comunidade na escola para uma reunião.

Estavam reunidos para mais um dia de rotina de tarefas e atividades que realizavam com as crianças, os jovens e os idosos. Também estavam curiosos para saber do que se tratava aquela importante reunião.

O professor aproveitou a oportunidade para agradecer e parabenizar a equipe pelo trabalho e informar a todas as pessoas presentes que havia finalmente assinado sua tão sonhada aposentadoria.

Foi um depoimento comovente depois de 35 anos de contribuição dedicados à educação ministrando aulas de arte a crianças, jovens e adultos.

Deus havia cumprido o desejo do seu coração e lhe dado essa merecida vitória em sua carreira que se encerraria ao final de 2019.

O projeto realizado todos os finais de semana, o grupo de teatro, o time de voleibol e as demais atividades com a comunidade, teria continuidade em outra unidade escolar.

Em 2020, um novo governo assumiu a secretaria da educação estadual e não honrou o compromisso de manter o projeto, por isso não abriram novas inscrições para bolsistas.

Essa atitude sinalizou o fim do programa na escola. Assim, não seria possível realizar nenhuma atividade, principalmente com a chegada inesperada de um vírus chamado de Covid-19, que logo se transformaria em uma pandemia.

A Organização Mundial de Saúde (OMS) usou como medida de proteção o isolamento social, a mais dura das estratégias. Essa medida dura e radical foi "A Quarentena".

Um dia, em uma noite maravilhosa, o professor Santos teve um sonho diferente, sonhou que estava em sua antiga vila, onde havia uma horta que era administrada pelos japoneses; ali era o local de duas escolas, na avenida principal do bairro, que na ocasião era de paralelepípedo.

Viu a antiga igreja do bairro e observou tudo à sua volta, o outro lado da Avenida Presidente Castelo Branco, onde não havia movimento de carros e ônibus.

As ruas eram de terra e, quando chovia, viravam lama. Os terrenos eram vazios, a mata nativa exibia seus lindos eucaliptos, e o rio de águas cristalinas mostrava-se limpo com seus tímidos peixinhos. Os japoneses usavam essa água limpa para irrigar a horta que abastecia a pequena vila.

Era um sonho bom, bucólico, saudosista e cheio de nostalgia. O professor percebeu então que estava em 1978.

Estava sonhando! Foi essa conclusão a que chegou quando alguém o chamou do outro lado da avenida, era uma prima, que acenava enquanto carregava nos braços uma menina que provavelmente era sua filha.

O professor Santos ficou bastante intrigado, mesmo sabendo que se tratava de um sonho, pois conheceria sua prima 20 anos depois e sabia que ela teria uma filha também 20 anos depois. Como isso era possível?

Lembrou-se de que era um sonho e que tudo era possível, então achou normal.

Acenou com a mão se despedindo da prima, pois sabia que ambos estavam em épocas erradas. Resolveu olhar mais à sua volta e voltou-se para o oeste; não viu a escola onde trabalhou nos últimos anos de sua carreira educacional, tudo ali outrora fazia parte da horta dos japoneses.

O sonho parecia tão real que dava para ouvir o canto dos passarinhos. Era prazeroso e confortável sentir aquela sensação e reviver aquele tempo em que passou brincando na rua com os amigos.

A infância foi o melhor momento da sua vida, em que podia jogar bola, soltar pipa e andar de bicicleta revezando com os irmãos, sem nenhuma preocupação.

O professor mapeou inocentemente o caminho que fazia para a primeira escola onde estudou, que estava morro acima. Quando tocava o sinal do fim das aulas, os alunos saíam correndo ladeira abaixo.

Capítulo 2

NA ERA DO CELULAR

O professor viajava em devaneios quando foi interrompido pelo som de um telefone, um celular que estava em seu bolso e que quebrou toda a magia daquele momento.

Era um muito estranho e familiar o som de um celular; atendeu o aparelho pensando em quem poderia ser!

Por que alguém em sonho ligaria para ele logo em 1978? Quem seria? Não conseguia imaginar como poderia atender o celular já que estava vivendo uma situação surreal, mas o gesto foi o mais normal possível.

Uma voz rouca, arrastada e cansada falava do outro lado da linha causando estranheza e confusão. Era a voz de uma pessoa que ainda estava dormindo, embriagada pelo sono e muito paranoica.

Mas era possível reconhecê-la, era a mesma pessoa que sempre ligava aos domingos de manhã, do mesmo jeito, querendo saber o paradeiro do professor mesmo sabendo que ele estaria na escola para coordenar as atividades de esporte, lazer e cultura com a comunidade.

Santos sorriu, pois sabia de quem se tratava, mesmo assim ficou surpreso de a ligação acontecer até em sonho.

— Alou! Quem fala? — perguntou o professor.

— Hélios! Onde você está? — indagou com a voz rouca.

— Estou na escola, mister Paulus — afirmou com dúvida o professor olhando para trás.

— Tem certeza? A escola não está fechada? E a pandemia? O que você está fazendo aí? — questionou Paulus.

— Sim, eu tenho certeza. A escola está aberta! Eu estava passando, olhei e vi, estão acontecendo atividades de lazer, esporte e cultura.

— E quem está administrando?

— Eu não sei! Eu vou me aproximar para ver o que está realmente acontecendo, estou vendo todos os voluntários, educadores e as pessoas da comunidade.

A situação, porém, era surpreendente para o professor e para Paulus, que estava muito curioso e inconformado do outro lado da linha.

Capítulo 3

ESTAMOS EM *LOCKDOWN*

— Nós estamos em *lockdown*! O comércio está aberto? — perguntou Paulus com espanto.

— O comércio está fechado, só a escola está aberta — respondeu o professor com estranheza.

— Eu vou tomar um café bem rápido e vou até a escola para ver isso de perto — disse Paulus com ímpeto.

Paulus era um dos voluntários do projeto e um grande amigo do professor, sempre estava presente em reuniões, palestras, debate, principalmente em apresentações teatrais. Ele desceu rapidamente as escadarias da viela e, quando chegou à avenida, não teve nenhuma grande surpresa, pois tudo estava fechado como era de se esperar, menos a escola, que estava aberta.

Paulus se aproximou e ficou perplexo tentando entender por que a escola estava aberta em plena quarentena?

Depois de vários questionamentos e conflitos, o rapaz finalmente entrou. Pensando que talvez fosse uma pegadinha, entrou brincando e foi recebido com a mesma alegria de sempre, saudou a todos com "Sharon", ou seja com a paz!

Como era de costume, continuou brincando com os colegas, fazendo alguns comentários da quarentena que não faziam sentido. Tudo na escola estava acontecendo como antes da pandemia, isso o intrigou ainda mais.

— Por que a escola está aberta? Nós estamos em *lockdown*! O decreto ainda está funcionando? E a sua aposentadoria? Você, eu, nós deveríamos estar casa! Esse pessoal não tem medo do coronavírus? — Paulus tinha muitas perguntas.

— Eu também não entendo! Eu acordei aqui, em frente à escola, e tudo era a antiga horta do japonês! Aliás, estou sonhando! Por que você está em meu sonho?

— Você não pode estar sonhando, isso é bem real! Vamos esclarecer uma coisa, você se aposentou, nós fizemos três festas de despedidas em 2019 e foi o fim!

— Sim, eu me lembro de tudo isso!

— Aí surgiu o vírus da Covid-19. Os bares, as escolas, as igrejas, o comércio, tudo fechou por causa da quarentena! — continuou Paulus.

— Então você sabe do vírus? Você também voltou no tempo? Veja a data de hoje no caderno de registro de visitantes!

A data era 19 de março de 2019, o que fez Paulus tomar um verdadeiro susto.

— Essa data está errada! Eu não posso estar em seu sonho em março de 2019 em plena pandemia! — afirmou Paulus.

— Mas nós estamos — insistiu o professor.

A discussão seguiu acalorada por causa da suposta alteração da data, como se quisessem enganar Paulus, que não acreditava estar no passado. Algo estava errado.

Ele sentia em seu coração que o clima estava estranho, seus olhos presenciava um fato diferente da realidade e se questionava se era realmente sonho. Quem estava sonhando?

Paulus era metódico e insistia em sua própria verdade e convicções, por isso não queria aceitar aquela situação. Sabia que aquela fantasia, ou alucinação, iria se desfazer a qualquer momento, era só uma questão de tempo.

O professor estava sólido e convicto em afirmar que Paulus fazia parte do seu sonho por causa de sua amizade verdadeira.

Paulus ficou muito irritado com essa conclusão, despertando a atenção dos voluntários, que deram uma pausa em suas atividades para se inteirar no assunto.

Todos ficaram curiosos para saber mais sobre esse assunto do *lockdown*, ou seja, o fechamento do comércio e outros serviços não essenciais.

Mister Paulus estava feliz em saber que somente ele estava dominando o assunto, que era uma incrível, exclusiva e inédita novidade que fazia questão de contar os acontecimentos nos mínimos detalhes, deixando atônita e assustada a equipe educacional.

O professor quebrou o suspense relatando o motivo de toda aquela discussão.

Capítulo 4

A QUARENTENA

— Senhoras e senhores, nós estamos em quarentena por causa da pandemia. A escola deveria estar fechada por vários motivos — informou o professor.

— Vocês estão falando do quê? *Lockdown*! Estamos confinados? Por acaso agora somos terroristas? — perguntou Ângelo com certa ironia.

— O professor Hélios se aposentou em dezembro de 2019, ou seja, ano passado. Em março de 2020, surgiu uma pandemia provocada pelo novo coronavírus — informou Paulus.

— E o que esse novo coronavírus pode fazer? — questionou Ramiro.

— Por causa dele, as autoridades sanitárias fecharam comércio, escolas, igrejas, empresas, bares, shopping, enfim, o mundo todo parou, estamos em isolamento social! Entramos em *lockdown*! — informou Paulus.

A informação causou um grande espanto, muitos risos e piadas que desafiavam o quanto e como era possível imaginar uma história tão boa e tão louca como essa.

"Era o tema central e o roteiro ideal da próxima peça de teatro! Sensacional! O grupo de teatro se superou dessa vez" — pensava Nenê.

O entusiasmo de apresentar um espetáculo de escala global como esse tomava conta da cabeça do elenco fazendo com que cada um escolhesse seu próprio personagem. Só pararam quando o professor pegou seu celular e mostrou o boletim de notícias atualizado de 2020.

— Mas por que vocês estão aqui na escola? — insistia Paulus.

O professor tentou explicar que aquele era o dia da apresentação do grupo no teatro municipal, por isso todos estavam reunidos ali em seu sonho. Mas o tema não era esse.

— Como eu posso estar no seu sonho e só nós dois sabemos do vírus? — indagou Paulus.

— É muito simples! Nosso subconsciente captura nossas memórias, nossos hábitos, nossas crenças e características e controla nossas tarefas — respondeu Nenê academicamente.

— Nós podemos transformar esse tema em uma peça de teatro — disse Ângelo.

— Isso não é uma peça de teatro. É uma realidade! É tudo verdade o que o Paulus disse! Eu me aposentei em 2019, nós fizemos várias festas de despedidas durante todo o ano — falou o professor.

— O colega Isoldo fez uma oração linda! Nós choramos, rimos, nos despedimos e nunca mais nos vimos por causa do isolamento social — continuou Paulus.

— Nós estamos em março de 2020, e as pessoas estão morrendo. Ainda não temos vacina para combater o vírus — completou o professor.

Capítulo 5

O NOVO CORONAVÍRUS

— O mundo vive hoje uma guerra contra esse vírus terrível e implacável, que vai fazer o sistema de saúde entrar em colapso e vitimar milhões de pessoas — informou Paulus.

— A OMS ainda está estudando o que é esse vírus e qual sua origem — continuou o professor.

— Onde surgiu esse vírus? — perguntou Reale.

— Surgiu na China, na província de Wuhan, em dezembro de 2019, em um mercado de carne que fica no meio da rua, a céu aberto — respondeu o professor.

— Como isso é possível? — indagou Ramiro.

— Os chineses são especialistas em degustação de iguarias, e uma dessas é de um animal que é parente do tatu chamado de Pangolim — falou o professor.

— Dizem tais teorias que esse vírus é resultado do contato entre um ser humano e um animal infectado — completou Paulus.

— Outra teoria é de um acidente em um laboratório na China que teria liberado o vírus, que rapidamente se espalhou para o mundo — acrescentou o professor.

— Isso é fantástico, é melhor do que uma peça de teatro! A Covid-19 é um filme de ficção científica. Vamos fazer uma superprodução — falou Nenê bem empolgado.

— O coronavírus ataca principalmente as pessoas mais velhas, os idosos acima de 60 anos, como você Ramiro — satirizou Paulus.

— Deus comigo é mais forte! — respondeu Ramiro.

— Os mais velhos são os chamados grupo de riscos, por isso são os primeiros a ficar isolados e a tomar as primeiras doses de vacina contra a Covid-19 — informou o professor.

— Na Europa, o vírus já contaminou várias pessoas. E já levou a óbito milhares de pessoas na China, França, Alemanha, Itália, Espanha e nos Estados Unidos. Acreditem, esse vírus vai chegar ao Brasil — explicou Paulus.

O grupo entrou em paranoia tentando entender toda a situação e a possibilidade de não ser apenas um sonho, e sim um aviso, um sinal do futuro. Assim, teriam uma chance de salvar o mundo de uma pandemia.

Cada pessoa daquele distinto grupo pensou em várias formas de aprender sobre o vírus para alertar toda a comunidade científica e as autoridades sanitárias a resolver tais questões, além de estudarem quais opções e caminhos seguir.

Capítulo 6

O EPICENTRO DA PANDEMIA

— Como foi que tudo isso aconteceu? — questionou Carvalho.

— Assim como, quando Moisés tirou o povo do Egito, uma travessia de 40 dias se transformou em 40 anos porque o povo era teimoso, nossa quarentena seria de no máximo 40 dias, mas se transformou em quatro meses, 400 dias e estamos indo para 40 meses — informou Paulus indignado.

— E a vacina? — perguntou Ângelo.

— Ela chegou, mas não tinha para todos, houve muito boicote, negacionismo, burocracia e sabotagem política — respondeu Paulus.

— Como o Paulus chegou aqui em março 2019, dormindo na casa dele em março de 2020? — questionava Reale.

— Tenho uma revelação a fazer, se isso é um sonho, e eu acredito que não seja, quando eu acordei hoje, eu estava em março de 2021, estamos no segundo ano da Pandemia, no pico de mortes e contaminação — disse Paulus assustado.

— O Brasil passou a ser o epicentro da pandemia no mundo com mais de 4 mil mortes por dia, chegando a um total de 260 mil em todo o país — informou o professor.

— Em São Paulo, tivemos mais de 500 mil óbitos, 2 mil por dia, um recorde atrás do outro! O colapso tomou conta da economia — continuou Paulus.

— Isso é um exagero, você está sendo muito radical — retrucou Nenê.

— O carnaval foi cancelado, os aeroportos fecharam, assim como os estádios de futebol. Todas as atividades esportivas foram adiadas — disse Paulus bem triste.

Aquela revelação caiu como uma bomba na cabeça de todos os presentes, até mesmo para o professor que sempre tinha uma resposta, uma solução e uma palavra de conforto e esperança para todos e todas as situações.

O futuro apocalíptico descrevido por Paulus era devastador, os números de mortes e contaminados eram gigantescos e não deixavam margem para dúvidas sobre o fim do mundo.

— Como você sabe de tudo isso com tanta precisão? — perguntou o professor.

— Eu tenho que confessar uma coisa, tenho mais uma revelação — disse Paulus fazendo suspense.

Todos fizeram um momento de pausa para ouvirem a tal revelação.

Capítulo 7

A AGENDA MISTERIOSA

— Hélios, foi você quem me disse e me mostrou tudo isso! Você anotou todas essas informações em sua agenda de capa azul e ainda me contou seu sonho — falou Paulus.

— Essa agenda era de cor amarela — retrucou Ramiro.

— A agendo do professor sempre foi de cor preta — disse Ângelo com firmeza.

— Senhores, a minha agenda mudava de cor a cada ano, por isso a cor da atual é marrom — concluiu o professor.

— E onde está essa sua agenda? Onde você a deixou guardada? — questionou Nenê entrando na conversa.

— Com certeza em minha sala — respondeu sorrindo o professor.

— Então vamos até a sua sala para conferir todas essas informações — sugeriu Paulus.

Todos se dirigiram apressadamente para o portão em frente ao corredor onde ficava a antiga sala do professor quando ele fazia parte da direção do projeto da escola.

O grupo se deparou com a porta trancada; olharam admirados para o professor que estava paralisado pelas lembranças que vieram átonas nesse reencontro repentino.

Ele estava viajando em seus pensamentos, relembrando os dez anos mais felizes que passou naquela escola, naquela sala, onde recebia os amigos, os alunos, os professores e os pais.

Ali tomava as grandes decisões, realizava as tarefas desafiadoras, os projetos de sucesso, os planejamentos, as prestações de contas. Era um local de grande responsabilidade.

— Professor, o senhor está bem? — perguntou Ângelo, interrompendo aquele mágico momento.

— Sim, estou bem! — respondeu o professor deixando cair uma lágrima.

— O senhor tem a chave da porta? — quis saber Nenê.

— Sim, tenho — falou o professor olhando para o molho de chave em suas mãos.

— Então, vamos abrir a porta! — disse com alegria mister Paulus.

O professor pegou a chave de cinco pontas e colocou no centro da fechadura, girou-a duas vezes, e a porta se abriu causando espanto a todos os espectadores.

— Uau que sala linda! Essa reforma ficou demais! — disse Nenê.

— Que maravilha! Você caprichou — completou Ângelo.

— Show de bola, sua sala ficou excelente! — disse Paulus com orgulho.

O professor entrou na sala e ficou admirando o revestimento de madeira na parede nas mesas e no armário que subia até o teto onde possivelmente estava guardada a misteriosa agenda.

— Eu não fiz nada disso, faz muito tempo que eu não entro nessa sala — respondeu o professor.

— Onde o senhor guardava sua agenda? — perguntou Ângelo.

— Ela está aqui em algum lugar nesse armário — afirmou o professor subindo em uma escadinha.

A sala estava tão linda que os ocupantes não cansavam de admirá-la; por um minuto esqueceram por que estavam ali.

— Achei! Tinha que estar no último andar da prateleira — disse o professor com alegria.

— Então vamos ver o que nos revela essa tal agenda misteriosa cheia de segredos — ironizou Nenê.

Os ocupantes saíram da sala sem olhar para trás e foram, mais uma vez, apressadamente para o pátio. O professor parou e deu uma última olhada em sua sala como se fosse uma despedida antes de a porta se fechar automaticamente.

Ele abriu a agenda na presença de todos os presentes e leu cada detalhe, cada passagem de cada acontecimento da Covid-19, confirmando tudo que o mister Paulus havia dito.

Os números de pessoas que estavam morrendo e sendo contaminadas eram tão absurdos e assustadores que mais pareciam sair de um filme de terror.

Capítulo 8

UM PROPÓSITO

— Suponhamos que vocês estejam falando a verdade e que estavam realmente em março de 2020, existe a possibilidade de retornarmos para março de 2019? — questionou Ramiro.

— Sim, se nós tivermos um propósito — afirmou Reale.

— E qual seria esse propósito? — perguntou Francisco

— Viajar para o passado? Para o futuro? Nós não podemos mudar nada, mas podemos aprender — disse Ramiro.

— Você fala em viajem no tempo como se isso fosse possível — retrucou Francisco.

— São milhões de possibilidades para uma provável viagem no tempo — afirmou Ângelo.

— E quais seriam essas possibilidades, senhor Ângelo? — ironizou Nenê.

—Todos os filmes e documentários sobre viagem no tempo obrigam os personagens a seguir regras, particularidades, métodos e estratégias — respondeu Ângelo.

— Mesmo se formos ao passado e retornarmos ao presente ou ao futuro, não vamos conseguir realizar nenhuma alteração, nenhuma mudança significativa — disse Ramiro.

— Exatamente, porque a vida leva um jeito de seguir seu rumo, seu destino, as coisas que estão acontecendo agora, ou em 2020, 2021 e 2022, vão continuar — falou Ângelo.

— Vocês estão certos! Não há nada que possamos fazer para mudar o futuro — concluiu o professor.

— Isso vai acontecer porque algum cientista chinês descobriu e estudou esse vírus com um único objetivo — falou Nenê.

— Vingança, oportunidade, liderança econômica — completou Reale.

— Isso é verdade. É teoria da conspiração! — continuou Ângelo.

Todos ficaram tristes por um instante com a verdade que vinha com bons argumentos.

Capítulo 9

TEATRO DA COVID-9

— Não precisamos viajar no tempo, podemos fazer esse alerta no nosso próprio tempo, aqui e agora — afirmou Ramiro.

— De que maneira podemos fazer essa revelação ao mundo? — questionou Carvalho.

— Vamos fazer o que fazemos de melhor e mostrar ao mundo o novo coronavírus em nossa apresentação teatral — respondeu Nenê.

— Seremos apenas tratados como loucos lunáticos e fantasiosos — retrucou Francisco.

— Seria mais fácil e aceitável se fosse uma epidemia de sarampo, cólera, dengue, febre amarela — completou Paulus.

— Tudo isso é notícia passada, o que o mundo precisa agora é de algo inacreditável em escala global — disse o professor.

— Então vamos fazer barulho, vamos apresentar a Covid-19 ao público — afirmou Nenê.

— Excelente! Vamos ter uma apresentação de gala, de impacto fulminante — disse o professor empolgado.

— E o que você pretende fazer, Hélios? — perguntou Paulus.

—Vamos usar nossas armas, nossos equipamentos, nosso elenco com o melhor meio de comunicação no teatro municipal — respondeu o professor com alegria.

— Mas como fica a logística das coisas, do espaço teatral, dos convidados, do roteiro? — questionava mister Paulus.

— Fica por conta do Ramiro, que vai solicitar aos patrocinadores a troca da faixa do nome do espetáculo — orientava o professor.

— Ainda dá tempo de termos convidados especiais, como as autoridades sanitárias, membros da comunidade científica, pesquisadores e secretários de saúde? — Quis saber mister Paulus.

— Sim — respondeu o professor orientando Carvalho e Ângelo, encarregados dos convites e das formalidades.

— E o que exatamente vamos apresentar? — perguntou Paulus.

— Temos tudo pronto aqui nessa agenda, todas as informações para expor essa pandemia ao mundo — finalizou o professor.

Todos escutavam atentamente, com um brilho nos olhos e um grande sorriso enquanto o professor dividia os textos de acordo com cada personagem e explanava o roteiro de modo que tudo fosse feito com precisão.

— Estão todos de acordo? — perguntou Ângelo com entusiasmo.

Todos responderam de imediato com um bom e sonoro sim, com um brilho ainda maior nos olhos, um sorriso largo no rosto e alegria no coração de quem vai para uma guerra de verdadeiras emoções em prol da humanidade.

— Então, professor, se isso é um sonho, o dono tem o poder de comandá-lo. Vamos lá comandante! — falou Ramiro.

O grupo seguiu confiante para o teatro municipal, que se encontrava cheio de espectadores. Os ingressos estavam esgotados, superando a capacidade máxima.

O público estava ansioso para assistir ao espetáculo teatral anunciado com letras garrafais na fachada da entrada do teatro em que se lia claramente: HOJE, EXCLUSIVO, INÉDITO "MENSAGEIRO DA PANDEMIA".

O elenco passou pela fila do burburinho, no hall do teatro, cumprimentando amigos, parentes e convidados especiais, e foi direto para os camarins.

A noite era memorável, e tudo se encaminhava para ser um grande sucesso. A grande e notável apresentação teatral revelaria ao mundo o surgimento do novo coronavírus!

A Covid-19 estava exposta, o início da pandemia teoricamente teria seu fim.

A plateia se emocionava com cada cena supondo ser uma visão alucinada de um mundo apocalíptico onde as pessoas teriam que viver em isolamento social, um fato tremendamente absurdo e inaceitável.

O público ouvia atentamente cada informação como se realmente fosse um momento lúdico, alegre e fantasioso de cada personagem. Riam das performances e sátiras dos governantes negacionistas, atrapalhados, desastrados e burocratas.

Chamaram atenção do público e da mídia o uso da máscara, a verificação e aferição de temperatura para entrar em estabelecimentos comerciais e o uso do álcool em gel como medida de proteção.

E o mais importante, a salvação pela vacina, uma prática que nos salvou de todas as doenças desde quando nascemos.

Porém, havia algo ainda mais terrível acontecendo, as mensagens falsas contra a vacina.

Inventaram até uma tese falsa de imunidade de rebanho, informando as pessoas que não precisavam se vacinar porque não seriam contaminadas.

Capítulo 10

MENSAGEIROS DA PANDEMIA

A comédia dos erros se via claramente nos testes das vacinas realizadas nos cômicos voluntários.

Tudo isso despertou antigos sentimentos e percepção de doenças até então esquecidas.

Um sinal de alerta soou para os médicos epidemiologistas quando o grupo montou em cena um "hospital de campanha", que seria construído em todas as cidades do Brasil e do mundo para o combate à pandemia, que duraria mais de mil dias.

A tempestade de informações que se revelava a cada momento causava pânico e histeria na sociedade, e o medo foi tomando conta dos espectadores.

A cena em que o governo decretava o *lockdown* e a quarentena ficou real, objetiva e assustadora, com o fechamento imediato das escolas, dos templos religiosos, das repartições públicas, dos aeroportos e do comércio não essencial.

O público estava extasiado e temeroso com uma tragédia anunciada pela falta da vacina e pelas novas ondas e variantes do vírus que surgiriam ao longo da quarentena, que se estenderia por mais de dois anos.

Os números de casos de contaminação e mortes por Covid-19 apresentados eram absurdos e astronômicos. A corrida das vacinas fomentava o mercado das indústrias e dos laboratórios farmacêuticos mundiais.

— A OMS terá que tratar da disseminação em uma escala de tempo muito curta, pois estamos muito preocupados com os níveis alarmantes de contaminação — dizia Ramiro.

— Por essa razão, a Covid-19 tem que ser caracterizada como uma pandemia — afirmou o professor.

— Uma pandemia. Que loucura! — gritava a multidão de repórteres.

Era um grande absurdo a história de ficção apocalíptica que os atores apresentavam na peça de teatro, como se fosse realmente possível de acontecer.

Capítulo 11

OS REPÓRTERES SEM FRONTEIRAS

O final da apresentação foi tumultuado. O elenco foi surpreendido por vários repórteres de várias emissoras nacionais e internacionais, inclusive pelos repórteres sem fronteiras, que insistiam em entrevistas exclusivas, esclarecimentos, provas comprobatórias do vírus.

Os repórteres sem fronteiras são uma organização internacional sem fins lucrativos que busca garantir o direito à liberdade de informação e de imprensa para toda a população e comunidade científica.

Os médicos, cientistas e agentes sanitários estavam perplexos com o volume de informação apresentado com tanta precisão de detalhes técnicos e científicos.

Havia muito sentido racional, lógico e verdadeiro dos visionários atores. Por isso, a comunidade científica tinha o dever de investigar.

Os mensageiros atores estavam em todas as emissoras apresentando a Covid-19 para o Brasil e o mundo. Eram chamados de cientistas loucos, sensacionalistas e alucinados.

— Senhoras e senhores, antes da Covid-19, a pandemia mais recente havia sido em 2009, com a chamada gripe suína, causada pelo vírus H1N1 — informou o professor.

— Acredita-se que esse vírus veio do porco e de aves, o primeiro caso foi registrado no México — continuou Carvalho.

— A OMS decretou estado de pandemia, após contabilizar 36 mil casos em 75 países — continuou Nenê.

— No total, 187 países registraram casos, e quase 300 mil pessoas morreram até o fim da pandemia em 2010 — disse Paulus.

— Estamos falando agora que essa pandemia vai causar mais de 15 milhões de vítimas no mundo todo — falou o professor.

— São Paulo será o epicentro da pandemia com mais de 2 mil óbitos por dia — continuou Ramiro.

— O Brasil registrará mais de 600 mil óbitos, com mais de 4 mil óbitos por dia — completou Reale.

— A Covid-19 vai se espalhar por diferentes continentes com transmissão acima de 300 mil pessoas por dia — finalizou o professor.

Cada informação dita com certeza pelo grupo de atores surpreendia até mesmo os mais céticos dos cientistas.

Capítulo 12

ORIGEM DA PANDEMIA

— O vírus ainda sofrerá mutações, vai produzir variantes, surgirão novas cepas oriundas de países diferentes aumentando o nível de contágio — disse Carvalho aos repórteres.

— Essa é a Sars-Cov-2, que provoca infecções respiratórias, resfriado comum e graves, como a Síndrome Respiratória Aguda Grave — continuou Ângelo.

Cada informação chocava o mundo, a ponto de questionarem até onde tudo era verdade? Seria cômico se não fosse trágico!

— Senhoras e senhores, é preciso uma investigação segura, verdadeira e transparente — falou o professor.

— As autoridades devem tomar as devidas providências de prevenção e atitudes para trabalharem em colaboração com outros órgãos a fim de identificar a origem do novo coronavírus — disse Reale.

Ainda havia a pergunta que não queria calar.

— Como surgiu o novo coronavírus? Qual a sua origem? Como ele foi introduzido na população humana? — questionavam os repórteres.

A resposta soaria como escândalo e provocação, por isso o professor se posicionou com neutralidade tomando muito cuidado com as palavras para não ofender a comunidade asiática.

— A epidemia começará na província de Wuhan, na China, em dezembro de 2019, mas rapidamente se espalhará para o mundo.

— Esse vírus se ocasionou pelo contato entre um ser humano e um animal infectado conhecido como Pangolim — continuou Paulus.

— Outra teoria diz que houve um acidente em um laboratório na China — disse Ramiro.

— A pandemia será tratada incialmente como uma doença misteriosa — finalizou o professor.

Essa última resposta selou o fim da entrevista dos atores cientistas loucos e alucinados que tiveram que sair escoltados sendo vaiados, com xingamentos, aplausos e ovacionados pela multidão.

Era uma mistura de sentimentos, como gratidão e alegria. Os repórteres comemoravam, pois tinham um furo de reportagem.

Por outro lado, havia total fata de credibilidade dos cientistas, que não acreditavam nas informações passadas pelos mensageiros da pandemia.

Os cientistas estavam céticos em não aceitar o destino de tragédias de um futuro sombrio, tão próximos que estava à sua frente e que realmente aconteceria.

Capítulo 13

A PROFECIA

O grupo de atores da peça de teatro mensageiro da pandemia saiu do prédio cumprimentando a multidão de pessoas quando uma van parou, e uma pessoa muito bem trajada com terno e gravata os convidou para entrar no veículo.

O professor sinalizou positivo com a cabeça, e o grupo entrou sem hesitar no transporte que os levou para um grande templo onde estava sendo realizado um culto.

Havia um grande número de fiéis à espera dos atores para ouvir a palavra dos mensageiros da pandemia.

Reale estava impecável com seu terno de linho vermelho, subiu no altar a convite do ministério, pediu permissão ao ancião e saudou toda a igreja com a "Paz de Deus"!

Toda a irmandade respondeu com um "Amém" bem forte em alto tom sonoro que ecoava para além do templo.

— Queridos irmãos e irmãs, estamos vivendo dias difíceis, mas Deus me trouxe aqui para vos dizer que Ele está convosco! Está escrito em Eclesiastes, capítulo três, que há um tempo determinado para todas as coisas; tempo de juntar e de se abraçar, como estamos agora, e tempo de se afastar e de se abraçar, de um distanciamento social — pregava Reale.

A igreja clamava pela misericórdia de Deus.

— E esse tempo chegou, querida irmandade. Está escrito em Apocalipse seis, cujo tema são os sete selos que a irmandade já conhece, que o cavalo branco saiu com uma coroa, ou seja, o vírus, o coronavírus. O segundo selo se deu com o cavalo vermelho e sobre ele foi dado que tirasse a paz da terra, e é exatamente o que esse vírus vai fazer levando a óbito milhões de irmãos, parentes, vizinhos, amigos e familiares — continuou Reale.

A igreja clamava ainda mais pela misericórdia de Deus.

— Mas lembrem-se sempre, Deus está conosco e nos ajudará. Clame pela sua misericórdia para que Ele aumente nossa fé. Deus seja louvado! — Reale finalizou a pregação enquanto os fiéis cantavam e clamavam o louvor "Fé mais fé, amor mais Amor".

Os mensageiros estavam felizes pela pregação e pela oportunidade de avisar ao mundo sobre os perigos da pandemia. Eles tinham certeza de que dessa vez as autoridades seriam competentes e eficazes no combate ao novo coronavírus.

Capítulo 14

A DOENÇA MISTERIOSA

A comunidade científica, as autoridades sanitárias e OMS começaram uma investigação sem sucesso e não conseguiram comprovar nenhuma contaminação na China, na província de Wuhan.

As emissoras de televisão, a mídia e todos os veículos de comunicação alertaram ao mundo, em dezembro de 2019, sobre o surgimento de uma doença "misteriosa" na China.

Tal doença estava causando um resfriado comum e evoluindo para uma Síndrome Respiratória Aguda Grave, levando pacientes infectados à morte.

O contágio era provocado por um vírus ainda desconhecido que se alastrou tão rápido pela China que o governo não teve como contê-lo.

Essa infecção foi chamada de Covid-19, conhecida popularmente como o mal do século 21 e descrita pelos mensageiros da pandemia.

A doença misteriosa era denominada Covid-19, o novo coronavírus.

Apesar de todos os esforços dos mensageiros para alertar, avisar e anunciar ao mundo o surgimento do novo coronavírus, não foi possível evitar a pandemia.

O vírus dominou a China, a Europa, a América, o mundo e, em meados de fevereiro, chegou ao Brasil, causando morte e destruição nas famílias mais pobres e carentes.

A infecção provocada pelo novo coronavírus se tornou uma realidade, obrigando as autoridades sanitárias a tomar medidas extremas, mais rigorosas e eficazes para combater a possível pandemia.

O relatório elaborado pela OMS afirmava que a passagem do vírus para humanos, por meio de produtos alimentícios, era possível, porém era mais transmissível pelo ar.

Já a possibilidade de o vírus ter escapado acidentalmente do Instituto de Virologia de Wuhan foi classificada como "extremamente improvável".

Os números de contaminados e óbitos eram assustadores a cada 24 horas, e muitos entes queridos, amigos e familiares estavam perdendo a guerra contra o vírus.

A tristeza tomou conta das famílias, dos amigos e dos vizinhos, que perdiam seus entes queridos sem ter uma chance de lutar pela vida devido ao colapso do sistema de saúde.

Capítulo 15

A PASSAGEM TEMPORAL

Os atores mensageiros estavam reunidos na escola, que funcionava como ponto de encontro, para resolver assuntos pendentes. Era um momento de reflexão e avaliação de questões, como: o que deixaram passar e não perceberam?

— Por que deu errada a mensagem da pandemia? — questionava Paulus.

— Por que as autoridades não tomaram as medidas cabíveis? — retrucava Ramiro.

— Quem sairia lucrando com uma epidemia, ou melhor, com essa pandemia? — indagava o professor.

Todos esses questionamentos fizeram com que o grupo dos atores mensageiros voltasse a pensar numa possível viagem no tempo até dezembro de 2019.

Era improvável que essa viagem acontecesse, uma vez que o mundo havia entrado em "lockdown", com o fechamento das rodovias, dos portos e aeroportos.

O confinamento chegou para as escolas, as igrejas, o comércio, o teatro e todas as atividades culturais esportivas.

O professor e o mister Paulus haviam desaparecido misteriosamente logo após ser decretada a quarentena. Quando retornaram, em março de 2020, estavam muito entusiasmados, repletos de novidades e muito ansiosos para dar as boas novas.

O professor carregava em suas mãos a famosa agenda de capa marrom e sorria muito confiante ao dizer:

— Mensageiros da pandemia, há uma maneira de revelar ao mundo e provar que descobrirmos verdadeiramente a origem do vírus.

— Como vamos fazer isso? — perguntou Ramiro.

— Vamos para China! — respondeu Paulus sorrindo.

— E como vamos para a China? — indagou Ramiro.

— Temos uma máquina muito poderosa em nossas mãos! Essa supermáquina possui vários tipos de dispositivos com capacidade universal de geolocalização — explicava o professor animado.

— É uma ferramenta com recursos ilimitados, um equipamento de alta precisão com moderna tecnologia que nos permite acesso rápido e seguro — continuou Paulus.

— De qual ferramenta vocês estão falando? — questionou Nenê.

— Estamos falando do celular — respondeu Paulus bem entusiasmado.

— Por favor, professor, nos explique melhor! — disse Ângelo.

— Nosso celular é provido de GPS cuja função básica é identificar a localização de um receptor, na superfície terrestre, que capte sinais emitidos por satélites — explicou o professor.

— Quando apontamos a câmera do celular para o QR Code, temos uma resposta rápida, acesso a uma quantidade ilimitada de informações de modo instantâneo — completou a explicação Paulus.

— A magia desses dois processos, quando acionadas em conjunto, cria uma conexão de dados e abre uma passagem temporal, um portal que pode nos levar para qualquer lugar que desejarmos, ou seja, um endereço digital — finalizou o professor.

— Um endereço digital? Uma máquina do tempo? — ironizou Ângelo.

Dessa vez o professor e mister Paulus se superaram em estágio de loucura. Estavam com suas faculdades mentais tão comprometidas, sem noção da realidade, que se tornou impossível aos atores mensageiros acompanhá-los em seu raciocínio visionário.

Os atores mensageiros não se contiveram diante de tanta imaginação e ficção e riram prazerosamente, fizeram piadas e zombaram a gosto esquecendo, por alguns minutos, que estavam no meio de uma pandemia.

A sessão de risos foi interrompida quando o professor e Paulus sincronizaram os celulares e acionaram o sistema operacional fazendo algo incrível acontecer bem diante de seus olhos.

Os visionários acertaram o ponto exato da conexão do sistema operacional e finalmente abriram o portal deixando o grupo sem palavras.

A visão era surreal, inacreditável e fascinante, um mistério além do alcance da realidade, mas que se rendia aos encantos da fantasia.

O portal se abriu como uma fenda, uma deformação, um vácuo, uma distorção dimensional no tempo e espaço que até então era improvável.

— Isso é inacreditável, vocês conseguiram! Eu retiro tudo que pensei e falei — falou Ângelo com empolgação.

— Isso aconteceu porque temos um propósito e uma missão para cumprir em prol da humanidade — disse Reale.

— Vamos cumprir nossa missão na China, na província de Wuhan, em dezembro de 2019! — O professor convidou todos, mas não responderam imediatamente ao chamado.

— Não podemos impedir o destino da pandemia, mas é nossa chance de aprender — falou Ramiro.

O grupo de atores refletiu por um instante e atravessaram, um a um, o portal sem medo, vencidos pela enorme curiosidade de descobrir o que havia do outro lado.

A primeira sensação foi de ânsia de vômito com sintomas leves de tontura que foram logo superados pelo espanto de estarem em Wuhan.

— Estamos na China! — exclamou o professor enquanto os outros ainda vomitavam.

— Aqui não pode ser a China! Isso é impossível, improvável e teoricamente inaceitável — disse Ângelo com certeza.

— Estamos em Wuhan, acreditem! Olhem ali o mercado de peixe a céu aberto! — falou Paulus.

— E agora? O que vamos fazer? Qual é o plano professor? — questionou Nenê.

— Vamos para sede do Instituto de Virologia!

Capítulo 16

A MISSÃO EM WUHAN

Quando os mensageiros chegaram à província de Wuhan, na China, ficaram perplexos com a histórica Torre do Grou Amarelo, localizada no centro da cidade.

— Precisamos usar os equipamentos adequados para essa missão! — disse Nenê apontando para a pequena loja de uniformes hospitalares.

— A estrutura atual da torre foi construída em 1981 e é considerada um dos pontos turísticos mais visitados de Wuhan — informava o professor.

Os mensageiros da pandemia colocaram os crachás e uniformes de doutores renomados, cientistas, médicos virologistas e seguiram na admirada cidade.

— Professor, como vai localizar o Instituto de virologia? — perguntou Nenê.

— O instituto de virologia é um prédio imponente que fica perto do museu da província de Hubei — respondeu o mestre.

— Um museu a céu aberto? Já localizei! Qual é especialização? — perguntou Ângelo.

— O museu é especializado em história natural e fica em um complexo formado por prédios bonitos com uma grande praça central — disse o professor.

Os mensageiros da pandemia foram diretamente para a sede do Instituto de Virologia e entraram clandestinamente no laboratório usando uniformes dos virologistas.

O laboratório de Wuhan é considerado um dos mais seguros no mundo com o nível mais alto de biossegurança — falou o professor.

Havia uma equipe de recepção que encaminhava os médicos, cientistas e virologistas para uma reunião secreta de nível cinco.

Essa reunião era muito discreta, era altamente secreta, tratava-se de assunto confidencial. Participavam cientistas, pesquisadores, virologistas e médicos epidemiologistas.

Havia rumores, especulações e comentários sobre a manipulação e decodificação do genoma de um vírus que estava em estudo e acidentalmente havia escapado.

Esse vírus era chamado SARS-CoV-2, o novo coronavírus.

Os cientistas pareciam dois ratinhos de laboratório como "Pink e Cérebro", personagens de uma série de desenhos animados de muito sucesso em 1995, que todos os dias diziam que iriam conquistar o mundo.

Era um daqueles momentos cômicos que faziam todos darem aquela indiscreta risadinha, inclusive os atores mensageiros que estavam disfarçados.

Um dos cientistas afirmava que o vírus não era perigoso e que infectaria somente 11% da população mundial.

Outro dizia que o vírus causaria um pequeno estrago na economia mundial afetando seus principais concorrentes. Em um ponto, todos deveriam concordar se fossem questionados com a ideia de que esse vírus poderia ter escapado do laboratório envolvendo um acidente.

Por favor, senhores, nenhum membro desta equipe dirá que esse acidente pode ser uma conspiração, mas que o vírus deve ter surgido pela seleção natural, e não pela manipulação — orientava um dos chefes da ciência.

Era um acordo questionável, por isso não foi unânime e precisou passar por uma votação.

Os atores mensageiros disfarçados de virologistas estavam gravando discretamente todas as provas e evidências quando um dos cientistas e os interrogou achando que fossem espiões.

As respostas evasivas tornaram os atores mensageiros cada vez mais suspeitos e expostos a uma fraude iminente, deixando o clima tenso a ponto de serem desmascarados.

Capítulo 17

JOGADOS NO CALABOUÇO

Os atores mensageiros foram sabatinados pela comissão e sumariamente reprovados. Foram questionados e consultados a respeito da contenção do vírus, mas não conseguiram fornecer uma resposta cientifica clara, adequada e resoluta e caíram em uma cilada.

A farsa foi descoberta, e os falsos virologistas, sem nenhuma chance de defesa, foram tratados como espiões. Seus pertences foram recolhidos, inclusive seus celulares. Eles foram presos e jogados em um calabouço com grades reforçadas.

— Vocês não podem fazer isso com a gente! Nós temos direitos humanitários! — gritava Paulus sem sucesso.

— Não adianta gritar, nós estamos presos em um calabouço da China como espiões, e ninguém vai nos ouvir — disse o professor.

Um médico se aproximou da cela para fazer o interrogatório a fim de saber para qual governo estavam trabalhando os tais cientistas espiões.

— O doutor tem razão, vocês são espiões clandestinos aqui na China — disse o médico misterioso.

— Não somos espiões, somos civis do Ocidente. Somos atores — falou Nenê.

— Estamos no centro mundial de pesquisa de ponta! Então me digam como atores civis do Ocidente conseguem entrar em um prédio de segurança máxima sem serem detectados?

— Você não vai acreditar se contarmos, mas somos viajantes do tempo — respondeu Ângelo.

— Realmente é impossível de acreditar! Se vocês conseguiram fazer isso, então conseguem fazer qualquer coisa! Podem me provar? — questionou o médico.

— Nós sabemos sobre o vírus da Covid-19, o novo coronavírus, que logo se transformará em uma pandemia mundial — informou o professor.

—Vocês serão torturados, castigados, julgados como espiões e condenados ao esquadrão de fuzilamento — disse o médico.

— Nós podemos provar, sabemos tudo sobre o novo coronavírus — relatou Carvalho.

— Esse vírus vai infectar milhões de pessoas no mundo todo e levar milhares ao leito de morte — falou Reale.

— Vai afetar a economia e forçar o mundo a entrar em *lockdown* com o fechamento de escolas, shoppings, igrejas, empresas, enfim todo o comércio — continuou Nenê.

— Essas informações ainda não me convenceram, por isso, meus caros doutores...

Houve um momento de reflexão entre o médico e os atores mensageiros.

— Já está tudo decidido pelas autoridades que os sentenciou, vocês serão sumariamente executados — completou o médico.

Aquela informação chocou, abalou e desequilibrou todos. A sentença de morte fez com que clamassem pela misericórdia de Deus, e Ele os atendeu.

— Eu sou o doutor Li Wen, o primeiro médico a identificar a existência do surto do novo coronavírus e alertar as autoridades — disse o doutor Li.

— Então você acredita! Você pode nos tirar daqui? — perguntou Paulus.

— Sim, eu vou soltá-los, mas com uma condição. Eu tenho uma proposta para vocês — disse o médico

— Então nos diga qual é sua proposta, doutor Li — pediu o professor.

— Um acordo de colega para colega, afinal, somos todos cientistas. Vocês aceitam?

— Sim, aceitamos, de colega para colega! Qual é o acordo? — perguntou o professor.

— É muito simples, quero que vocês botem a boca no trombone, como se diz lá na sua terra! Avisem as autoridades sanitárias do seu governo e da OMS sobre esse vírus mortal — falou o médico.

O grupo de atores estava diante de um dilema e do seu grande propósito, a missão estava sendo dada pelo doutor Li e precisava ser cumprida.

Capítulo 18

ALERTEM O MUNDO

— Vocês terão que dar uma entrevista, alertem o mundo e a comunidade científica, as autoridades sanitárias e a OMS. Relatem tudo que viram e ouviram aqui sobre o novo coronavírus — pediu o médico.

— Como nós faremos isso se a imprensa aqui não é livre, é cheia de restrições e monitorada constantemente? Eles não acreditarão em nós — afirmou Reale.

— Sim, eles vão acreditar porque dessa vez eu consegui uma brecha, um trunfo, uma parceria com uma ONG conhecida como "Repórteres sem Fronteiras" — informou o médico.

— Eles estavam em nossa entrevista no final da nossa apresentação no teatro — disse o professor.

— Essa organização é séria, tem força e credibilidade internacional para garantir que vocês divulguem essa verdade para o mundo — reafirmou o médico.

— E como teremos acesso aos repórteres sem fronteiras com segurança, sem restrição e com informações verdadeiras? — questionou Paulus.

— Vocês darão essa entrevista como convidados a serviço da estatal chinesa. Por um momento, terão a liberdade de relatar toda a verdade ao vivo para todas as emissoras de televisão do mundo que estão aqui presentes — disse o médico.

— Quando essa entrevista ao vivo vai acontecer? — perguntou Paulus.

— Em alguns minutos — respondeu o médico.

— Somos invasores do Ocidente condenados em uma terra estranha, jogados em um calabouço — retrucou Nenê.

— Vocês são doutores renomados, cientistas, médicos virologistas! Está escrito em seus crachás — falou o médico.

— Ainda assim somos do ocidente! — retrucou Carvalho.

— Vocês estão no centro mundial de pesquisa de ponta, sede do Instituto de Virologia, estão com equipamentos de proteção, luvas, máscaras, óculos; é assim que darão essa entrevista — disse o médico.

— Está bem, doutor, cumpriremos nossa missão, daremos essa entrevista — falou o professor com firmeza.

— Ótimo! Agora, vão até a sala de imprensa e cumpram sua missão, "mensageiros da pandemia".

Capítulo 19

A NOVA AMEAÇA DO MUNDO

A sala de imprensa estava cheia de todos os tipos de repórteres de todas as emissoras do mundo, vigiados de perto pelo monitoramento partidário de toda a guarda de segurança chinesa que se impunha com sua política de repressão.

A cada passo dos atores mensageiros disfarçados de cientistas em direção ao microfone, eram disparados centenas de fleches.

Os repórteres sem fronteiras tinham um trunfo como garantia, o plano era mostrar ao mundo que o regime chinês não era favorável ao jornalismo nem permitia a eles o direito à informação.

Os atores com roupas de cientistas teriam a oportunidade exata de provar esse fato e expor que o regime chinês era o que mais encarcerava jornalistas em todo o mundo.

O professor foi o cientista anunciado para fazer uso da palavra.

— Senhoras e senhores, o mundo está sob uma nova ameaça mortal de um vírus altamente contagioso. Estamos sendo atacados pelo novo coronavírus que vai causar uma pandemia chamada de Covid-19 — começou o professor.

A informação foi recebida como um insulto pelas autoridades locais e como um alívio para os cientistas.

— Esse vírus, Sars Cov-2, vai infectar milhões de pessoas no oriente, na Europa, na Ásia e no ocidente. Serão centenas de milhares de vidas perdidas — continuou o professor.

O som do microfone foi cortado, as luzes se apagaram, as portas laterais se abriram, e a força policial chinesa usou de truculência para conter os repórteres que gritavam palavras de ordem!

— Queremos direito à informação! — gritava um repórter.

— Liberdade de imprensa em Hong Kong! — gritava outro.

— Ditadores comunistas! Libertem nossos jornalistas! — gritavam.

— O doutor Le Wen retirou os atores mensageiros por uma porta secreta, entregou-lhes seus pertences e celulares e se despediu.

— Nossa luta continua! Hoje o mundo inteiro sabe a verdade da pandemia e não tem mais como esconder sobre o novo coronavírus e sua origem — disse sorrindo o médico.

Os mensageiros da pandemia se despediram do médico, um a um, e foram a um local seguro para acionar o sistema operacional.

Capítulo 20

VERDADES DA PANDEMIA

Ângelo ativou o sistema operacional, Reale fez a sincronização com os celulares, e o portal se abriu. Como mágica, fascinava os mensageiros da pandemia que, sem olhar para trás, o atravessaram repletos de dúvidas, remorso, mas com esperança no futuro.

Os viajantes chegaram à escola sentindo náuseas, ânsia de vômito e sensação de tontura e mal-estar. Ainda estavam preocupados com o médico que os libertou sabendo que esse ato heroico poderia lhe custar anos de cárcere em prisões insalubres, onde os maus-tratos podem levar à morte.

Quando retornaram, foram recebidos pelos voluntários com muita alegria, todos festejavam o sucesso da missão.

A mensagem de boas novas, as notícias, as manchetes nos jornais de papel, os boletins das mídias e todas as emissoras de televisão e veículos de informação reportavam que cientistas da China tinham descoberto um novo vírus contagioso chamado de Sars Cov-2, ou seja, o novo coronavírus.

— São vocês aqui no jornal, descritos com cientistas chineses, parabéns! Vocês conseguiram! — disse o professor orgulhoso.

A OMS declarou que a Covid-19, causada pelo novo coronavírus, era uma pandemia, pois já havia se espalhado por diferentes continentes.

— Vitória, vitória! Nós conseguimos! Vamos comemorar! Graças a Deus que nos enviou um anjo para nos libertar daquela prisão chinesa e que nos deu essa oportunidade, saúde doutor Le Wen! — repetia Ramiro.

— Mensageiros, infelizmente a pandemia continua no Brasil e no mundo. E é com muito pesar que temos uma nota de falecimento, a morte do médico chinês Li Wen — informou Paulus.

— Quando isso aconteceu? — perguntou Ângelo.

— Foi confirmada agora há pouco pela mídia e está em todos os jornais, inclusive estão informando que os cientistas que participaram da entrevista alertando o mundo da tal pandemia, ou seja, nós, sumiram misteriosamente — disse Reale.

—O que nós deixamos passar e não vimos? — indagou Nenê.

— O médico de 34 anos foi um dos oito médicos que a polícia chinesa investigou sobre acusação de "espalhar boatos" relacionados à Covid-19 — informou Paulus.

— Com os colegas, ele foi convocado pela polícia e forçado a assinar uma carta na qual prometia não divulgar informações sobre a doença — completou o professor.

Capítulo 21

VOLUNTÁRIOS DA VACINA

O professor lembrou-se das profecias. Refletia, porém, que nós, pobres mortais, não somos dignos de entendê-las. Certa vez, ele teve uma visão do quadro da última ceia projetado na parede que revelava o óbvio.

A imagem mostrava claramente que não haveria a cerimônia de Santa Ceia, ela seria cancelada porque as igrejas estariam fechadas devido ao alto índice de contágio e mortes causado pela Covid-19.

— Deus sempre fez uma aliança com a humanidade, desde os tempos de Noé, Abraão, Isaque, Jacó e Moisés. Porém, a humanidade de hoje está precisando realizar uma nova aliança com Deus — afirmou o professor.

— No passado, tivemos a peste negra e outras enfermidades que dizimaram populações inteiras e recentemente fomos testemunhas de vários acontecimentos de acidentes naturais, como terremotos e tsunamis — completou Ângelo.

Em agosto de 2020, os números de mortes e contaminados pelo novo coronavírus aumentaram assustadoramente acelerando a produção de vacina contra a Covid-19 no mundo.

Em São Paulo, foram mais de 25 mil vidas perdidas, 100 mil almas em todo o Brasil e três milhões de pessoas contaminadas no mundo!

— Senhores mensageiros, não percamos a esperança, pois está acontecendo uma grande corrida por uma vacina contra a Covid-19 — falou o professor.

— Vários países, laboratórios e cientistas estão se dedicando e se esforçando para criar um imunizante capaz de proporcionar uma proteção eficaz e segura — completou Nenê.

— Existem testes da vacina Oxford sendo aplicadas em voluntários, e nós recebemos um convite da OMS para nos candidatar como voluntários da vacina lá da Inglaterra — informou Paulus bem animado.

— Somos os mensageiros da pandemia e agora vamos fazer a diferença sendo os primeiros voluntários da vacina! Vamos para Oxford! — convocou Reale.

Todos estavam animados com o convite e, depois de uma pequena reunião, decidiram aceitá-lo.

Sincronizaram os celulares e acionaram a versão bidimensional do código de barras, o QR Code e o sistema de posicionamento global, o GPS. Abriram o portal rumo à Universidade de Oxford, no Reino Unido.

Capítulo 22

O OLHO DE LONDRES

A chegada ao Reino unido foi completamente desastrada e mal posicionada pelo GPS que os colocou diante da famosa roda gigante chamada de London Eye.

Os viajantes ainda sentiam todos os sintomas indesejáveis da passagem temporal que os faziam demorar a perceber onde se encontravam.

— Essa é Roda do milênio, o "Olho de Londres", em português conhecida como Millennium Wheel — informava o professor.

— De acordo com meus conhecimentos, a roda gigante foi inaugurada na passagem do dia 31 de dezembro de 1999 a 1 de janeiro de 2000 e é um dos pontos turísticos mais disputados da cidade — completou Ângelo.

— Mas, desde 2006, ela deixou de ser a maior do mundo, após a inauguração da Estrela de Nanchang na China, com 160 metros — disse Paulus.

— Tenho que discordar de você, meu amigo, porque atualmente a maior roda gigante do mundo é a High Roller, com 167 metros de altura, localizada em Las Vegas — falou Ramiro.

O grupo seguiu pelo museu britânico, e todos ficaram admirados pela fachada.

— O Museu Britânico foi fundado em 1753. Foi o primeiro museu nacional público do mundo — informava o professor.

— Vamos fazer uma visita ao museu? — perguntou Nenê.

— Não temos tempo! — respondeu Reale.

— Desde seu início, o museu tem entrada gratuita e está aberto a todas "as pessoas estudiosas e curiosas" — finalizou o professor.

O grupo seguiu passando ao longe. Avistaram o Palácio e a Fortaleza Real de Sua Majestade, ou simplesmente a Torre de Londres, localizado na margem norte do rio Tâmisa.

— Esse palácio é realmente um castelo histórico — dizia o professor.

O grupo de atores olhava atordoado tentando se recuperar da viajem.

— Foi fundado por volta de 1066 depois da conquista normanda da Inglaterra — falava o professor sem parar.

Todos olhavam atentamente a Torre Branca construída pelo Rei Guilherme I, em 1078, e considerada pelos habitantes da cidade um símbolo de opressão infligida pela nova elite governante.

— O castelo foi utilizado como prisão e depois como residência real, imponente como um grande palácio — informava o professor.

A Torre de Londres várias vezes esteve no centro da história inglesa. Ela foi cercada em inúmeras ocasiões, e seu controle era importante para o controle de todo o país.

A Torre já serviu como depósito de armas, tesouraria, *menagerie*, sede da Real Casa da Moeda, escritório dos registros públicos e casa das Joias da Coroa Britânica —continuou o mestre.

O sino tocou três vezes, convocando todos os voluntários e seus acompanhantes para a fase de teste da vacina.

— Atenção, queridos voluntários, peguem sua senha e dirija-se ao nosso transporte especial! — Fazia a chamada um agente de saúde.

Havia um transporte especial e vários agentes da saúde local para receber os mensageiros da pandemia e levá-los como os intrépidos voluntários até o posto de vacina mais próximo.

— A empresa AstraZeneca lhes dá as boas-vindas! É um grande prazer recebê-los em nossos laboratórios! — disse-lhes um agente de saúde.

— Qual é a história dessas duas empresas, professor? — perguntou Nenê.

— A AstraZeneca foi fundada mediante a fusão do laboratório sueco Astra AB e da farmacêutica britânica Zeneca Group, duas empresas com sólidas culturas científicas e uma visão compartilhada do setor farmacêutico — respondeu o professor.

Os mensageiros ouviram, mas não entenderam muita coisa e seguiram olhando a bela paisagem britânica.

Capítulo 23

A VACINA DE OXFORD

A vacina desenvolvida pela Universidade de Oxford, no Reino Unido, em parceria com a farmacêutica AstraZeneca, mostrou uma resposta imunológica robusta contra a Covid-19 em pessoas com mais de 60 anos.

O resultado ampliou a esperança de que o imunizante poderá proteger as faixas etárias mais vulneráveis ao coronavírus.

— Estamos diante da mais antiga universidade de língua inglesa, fundada em 1090, uma das melhores universidades do mundo, e já temos um dilema — informou o professor.

— O Ramiro é o único que pode ser voluntário e tomar a vacina — disse Nenê suspirando.

— Senhores mensageiros da pandemia, não me preocupo em ser o primeiro voluntário de uma vacina, isso não me assusta — falou Ramiro.

— Então o que te assusta, senhor Ramiro? — perguntou Nenê.

— Membros do clero anglicanos considerados hereges foram queimados na fogueira em pleno campus de Oxford. Isso sim assusta! — respondeu Ramiro.

— Você, Ramiro, entrará para a história como o primeiro idoso voluntário a tomar a vacina — disse Paulus.

— Você será destaque, em 2020, por seu papel na participação de testes de uma vacina contra Covid-19 — completou Carvalho.

Todos os voluntários inscritos com mais de 60 anos eram registrados sem nenhum documento oficial, apenas com um simples cartão de vacina preenchido no momento, que incluía o mister Paulus como candidato oficial.

Os voluntários foram avisados que poderiam sofrer possíveis efeitos colaterais e até mesmo risco à vida, o que aconteceu infelizmente com muitos dos voluntários.

Ramiro e Paulus não se intimidaram e foram os primeiros da fila a se vacinar. Começaram a sentir dor de cabeça, febre, cansaço, dores musculares e náuseas. Parecia que não resistiriam. Os voluntários com morbidade não resistiram e infelizmente faleceram em razão de várias complicações.

— Meus amigos, Ramiro e Paulus, descansem porque vocês passaram no teste, ou melhor, vocês acabam de aprovar a vacina da Oxford como a mais eficiente até agora — informou o professor.

Mister Paulus e Ramiro olhavam todos à sua volta e não os reconheciam, não entendiam e só acenava com a cabeça.

Capítulo 24

O PRÓXIMO VOLUNTÁRIO

A OMS parabeniza a todos os primeiros voluntários da vacina! — informava o agente de saúde.

— Existem aproximadamente 14 projetos de vacina, as mais conhecidas são: a chinesa Sinovac CoronaVac, a alemã Pfizer BioNTech, Moderna, Sputnik V, Janssen e Covaxin — disse Ângelo.

— O que você está querendo dizer nos passando essas informações? — questionou Nenê.

— Nós recebemos mais um convite especial da OMS para colaborar um pouquinho mais com esses testes dessas vacinas — respondeu Ângelo.

— Ainda não entendi aonde você que chegar, meu amigo? — retrucou Nenê.

— Na Alemanha estão precisando de nossa presença para incentivar novos e corajosos voluntários a experimentar essa tal Pfizer BioNTech — explicou Ângelo.

— Cabe também a nós escolher o próximo voluntário do grupo. Essa pessoa tem que ser da linha de frente do combate à Covid-19, em situação de maior exposição à contaminação — disse Paulus.

— Eles precisam ser soronegativos, ou seja, que não contraíram a doença anteriormente — informou o professor.

— E o mais importante, essa pessoa tem que ser da área da saúde — disse Ângelo.

— Nenê, você foi o escolhido, o profissional mais indicado — informou Ramiro.

— E de qual vacina estamos falando? — questionou Nenê.

— Você pode escolher tranquilamente, mas a vacina em questão é Pfizer BioNTech! — respondeu Ângelo.

— Saiba de uma coisa, sua coragem, atitude positiva e valentia não serão esquecidas pela ciência — encorajou-o Carvalho com orgulho.

— Eu sempre quis conhecer a Alemanha! Então vamos experimentar essa tal Pfizer BioNTech! — disse Nenê.

Os mensageiros voluntários, mais uma vez, acionaram o sistema operacional do portal como se fossem crianças quando ganham um brinquedo novo.

O local escolhido era a empresa de biotecnologia da Alemanha cujo nome era BioNTech, fundada por Özlem Türeci e Ugur Sahin.

O famoso laboratório da Pfizer BioNTech, que em seus 12 anos de funcionamento não tinha dado tanto lucro, ou lucro nenhum, agora era uma vitrine para o mundo da ciência.

Capítulo 25

NO PORTÃO DE BRANDEMBURGO

Atravessaram o portal e chegaram vomitando ao outro lado. Viram-se diante de do Portão de Brandemburgo, ou Porta de Brandemburgo, onde foram recebidos atenciosamente pelos agentes de saúde

— Senhores mensageiros da pandemia, sejam bem-vindos, temos um transporte especial para levá-los até nossos laboratórios! — saudava-os um agente de saúde.

— Professor, o que significa para os alemães o portão Brandemburgo? — perguntou Nenê.

— É uma antiga porta da cidade, reconstruída, no final do século XVIII, como um arco do triunfo neoclássico. Hoje é um dos marcos mais conhecidos da Alemanha — explicou o professor.

O Portão de Brandemburgo está localizado na parte ocidental do centro da cidade de Berlim.

— É a entrada monumental para a famosa avenida de Tílias, que anteriormente levava ao Palácio da Cidade dos reis da Prússia — continuou o mestre.

— Professor, qual o estilo de arte que estamos apreciando? — perguntou Nenê.

— Construído no estilo neoclássico, possui 12 colunas dóricas de estilo grego, sendo seis de cada lado; há cinco vãos centrais por onde passam cinco estradas — explicou o professor.

— E que estátua é aquela em uma biga puxada por quatro cavalos? — Quis saber Ângelo.

— É a estátua da deusa grega Irene, e sobre o arco está a "Quadriga" deusa da paz — respondeu o professor.

Tendo sofrido danos consideráveis na Segunda Guerra Mundial, o Portão de Brandemburgo foi totalmente restaurado. Durante a partição da Alemanha no pós-guerra, estava isolado e inacessível imediatamente ao lado do Muro de Berlim.

— Senhores voluntários, nesse momento estamos diante do famoso muro de Berlim — disse Paulus.

Em agosto de 1961, quando foi construído, o acesso ao portão foi bloqueado para parte da população.

— Em 9 de novembro de 1989, caiu o muro de Berlim, após um comunicado de um porta-voz da Alemanha Oriental. A população foi às ruas e começou a festejar destruindo o muro com martelos — explicou Paulus.

— Demorou meses para tudo vir abaixo, e o mundo comemorar de fato. Berlim foi se transformando em outra cidade sem divisórias, mas com algumas cicatrizes — finalizou o professor.

Milhares de turistas visitam Berlim em busca do muro, e a área ao redor do Portão se destacou mais na cobertura da mídia sobre a abertura do muro em 1989.

Ao longo de sua existência, o Portão de Brandemburgo foi muitas vezes um local para grandes eventos históricos e hoje é considerado um símbolo da tumultuada história da Europa e da Alemanha, bem como da unidade e da paz europeia.

Os mensageiros voluntários da vacina finamente chegaram a uma pequena empresa de biotecnologia cujo nome estava escrito na faixada: BioNTech fundada por Özlem Türeci e Ugur Sahin.

— Esses nomes com certeza são desconhecidos no mundo da indústria farmacêutica — informou o professor.

Os mensageiros desceram do veículo observando que, ao redor o lugar, não tinha nenhuma imponência, robustez e segurança profissional.

Os agentes de saúde os conduziram até a unidade central da pequena empresa para que fossem realizados os testes.

O lugar era ermo, estranho e afastado da cidade. As casas estavam distantes e sinistras como se os moradores vivessem escondidos por algum motivo que os mensageiros da pandemia descobririam.

Capítulo 26

A PFIZER BIONTECH

Várias pessoas fugiam do lugar assustadas em todas as direções, umas pulavam o muro, outras subiam pelo alambrado. Algumas eram capturadas por seguranças e levadas à força para dentro de um galpão para serem cobaias da primeira vacina alemã contra a Covid-19.

Havia vários agentes de saúde tentando recrutar as pessoas que, por medo dos fortes sintomas, não queriam ser voluntárias e precisavam se convencidas.

Nenê e Carvalho se apresentaram de livre e espontânea vontade e foram selecionados imediatamente como os primeiros voluntários. Foram vacinados com sucesso.

Essa nobre atitude convenceu os moradores da pequena comunidade a fazer parte dos testes sem medo.

— Senhoras e senhores da comunidade, nós temos o prazer de receber em nosso laboratório os mensageiros da pandemia que provaram que nossa vacina é confiável, segura e eficaz contra o vírus da Covid-19 — afirmava o agente de saúde.

Outros voluntários com morbidades, como diabetes e pneumonia, não tiveram tanta sorte nos testes e não resistiram aos fortes sintomas.

O casal de médicos turcos ficou famoso no mundo todo por desenvolver a primeira vacina contra a doença causada por uma infecção com o vírus Sars-Cov-2. A vacina foi produzida em tempo recorde com a parceira americana Pfizer.

Ela provou ser mais de 90% eficaz na criação de imunidade e causar um número menor de inflamações cardíacas em pessoas mais jovens.

Os voluntários Nenê e Carvalho sentiram todos os sintomas e efeitos colaterais possíveis e imagináveis, mas sobreviveram para contar e fazer parte da história sendo condecorados.

Os dois primeiros voluntários fizeram parte de um grupo especial de condecorações denominado "Ordem do Mérito da República Federal da Alemanha".

— Somos os primeiros voluntários a ganhar A Grã-Cruz do Mérito com Estrela da República Federal da Alemanha! — Exibiam-se orgulhosos os voluntários Nenê e Carvalho.

— O presidente alemão, Frank-Walter St disse, em rede nacional, que essa condecoração tem como objetivo expressar visivelmente o reconhecimento e a gratidão a homens e mulheres louváveis — disse Paulus.

Essas pessoas que estão na linha de frente são nossos pesquisadores e voluntários que estão salvando a vida de milhões de pessoas em todo o mundo. Sem dúvida, é uma contribuição decisiva para a contenção da pandemia do coronavírus.

— Parabéns, Nenê e Carvalho! Vocês fazem parte dessas pessoas louváveis! — falava o professor.

— Vocês fazem parte desses voluntários valorosos e corajosos, meus parabéns! — Abraçava-os Paulus.

— É isso aí! Agora fazem parte desse momento histórico. Vocês merecem! — disseram os mensageiros em uníssono.

— A fama dói, sinto muitas dores pelo corpo todo, minha cabeça gira sem parar — reclamava Nenê.

— Eu nem sei onde estou, pois sinto dor em todos os ossos do meu corpo, estão queimando! — queixava-se também Carvalho.

— Tudo isso vai passar, e vocês se sentirão gratificados — disse o professor.

Ângelo acionou o sistema operacional, Paulus fez a sincronização, e o grupo decidiu ir para casa e comemorar mais uma vitória!

— Positivo, professor! Temos sinal alto e claro e já podemos acessar o sistema operacional — informou Ângelo.

Os mensageiros voluntários conseguiram cumprir mais uma missão com sucesso e estavam ansiosos, felizes e cheios de esperança para retornar com boas novas para toda a comunidade científica.

Capítulo 27

MOVIMENTO ANTIVACINA

Os mensageiros voluntários da vacina acionaram o sistema operacional e retornaram para a escola como bom ânimo e cheios de muita alegria e confiança, apesar de sentirem cada vez mais fortes os sintomas da viajem.

Infelizmente, toda essa euforia foi ofuscada com as tristes notícias nos jornais e outros veículos de comunicação.

As informações não eram nada favoráveis a respeito do vírus que se apresentava muito agressivo. Havia fortes tendências do aumento dos números de mortes e um número absurdo de contaminados no Brasil e no mundo.

— Mensageiros, vamos clamar pela misericórdia de Deus! Senhor, criador dos céus e da terra, agradecemos por nos abençoar em nossas viagens, agora, humildemente lhe pedimos para abençoar as autoridades sanitárias, os médicos, os pesquisadores, os cientistas e todas as pessoas que trabalham na linha de frente nos hospitais — clamava o professor.

Ele fez uma pausa para lembrar a perda dos entes queridos, amigos, vizinhos e familiares, respirou fundo e continuou a oração.

— Senhor Deus, dê a todos nós paciência, entendimento e tolerância para que os médicos e cientistas possam desenvolver com sabedoria uma vacina eficaz para acabar com essa pandemia e varrer com vassoura de fogo esse vírus para fora desse mundo em nome do Senhor Jesus Cristo!

Todos selaram com Amém!

— Senhores mensageiros voluntários, temos em nosso país um movimento de pessoas que são contra a vacina da Covid-19, são chamados antivacina! — Ramiro falava depois de ler um artigo.

Todos ficaram atônitos com aquela notícia absurda.

— Vários boatos sobre possibilidades teóricas de que a vacina agravaria os sintomas da Covid-19 e apresentava aumento da inflamação nos pulmões — Ramiro continuava a leitura.

— Alguns dos voluntários que estavam experimentando as vacinas em nossos grupos vieram a óbito — lamentou Nenê.

— Precisam de nossos serviços aqui em São Paulo em caráter emergencial — informou Carvalho.

— O governador e o instituto de pesquisa vacinal estão convocando intrépidos voluntários para testar a vacina da CoronaVac do Instituto do Butantã — disse Paulus.

— Estamos sendo convidados formalmente pelo governador para motivar a população a se vacinar sem medo dos boatos — falou Ramiro.

— Essa é uma excelente oportunidade para acabarmos com esses movimentos antivacinas — falou o professor.

— O que nós podemos fazer para acabar com esses movimentos? — questionou Nenê.

— Nós somos os mensageiros da pandemia e agora vamos fazer a diferença aqui em São Paulo — disse Reale.

— Nós seremos os primeiros voluntários da vacina aqui para trazer credibilidade, confiança e acabar de vez com esse movimento contra a vacina. Vamos encarar esse compromisso — convocou Reale.

— Recebemos o convite para fazer parte da campanha como forma de incentivar esses voluntários — informou professor.

— O instituto precisa confirmar os voluntários, e nossa participação para receber o imunizante antecipadamente, a fim de auxiliar no processo de análise de sua eficácia — explicou o Paulus.

Todos olharam para o professor, que balançou a cabeça com um sim.

O grupo teve o privilégio de ser transportado por um veículo especial para que fosse o símbolo positivo da campanha vacinal contra a Covid-19, por isso não tinha que se preocupar dessa vez com os sintomas da passagem temporal.

— Senhoras e senhores da nossa grande cidade, estamos aqui hoje para apresentar a vacina desenvolvida pelo nosso instituto — discursava o governador.

O povo e toda a comitiva de assessores aplaudiam, e o discurso seguiu.

— E para provar que nossa vacina é segura, convidamos nossos queridos mensageiros da pandemia para serem os primeiros voluntários a realizar os testes da CoronaVac — finalizou

Capítulo 28

A CORONAVAC

Os mensageiros da pandemia foram pegos de surpresa, pois achavam que seriam simplesmente o símbolo da campanha vacinal. Como estavam ao vivo em todas as redes e mídias de comunicação, não poderiam recusar a realização dos testes.

A trupe de atores se apresentou como voluntária de testes da CoronaVac, em São Paulo, com sucesso, o que levou à sua aprovação em caráter emergencial pela Agência Nacional de Vigilância Sanitária.

O governador parabenizou os voluntários brasileiros que participaram dos testes da farmacêutica chinesa Sinovac contra o SARS-CoV-2.

— Agradeço a todos os voluntários e, em especial, aos amigos mensageiros da pandemia pela atitude corajosa e determinação de tomar nossa vacina e fazer parte da história na luta contra a Covid-19.

A vacina e toda sua produção é em parceria com o Instituto Butantã, por isso é conhecida com a vacina do Butantã — informava o porta-voz do Estado.

— Esta vacina vai fazer parte do nosso calendário vacinal e vai ser usada em vários países da América do sul — informou o professor na entrevista.

— A CoronaVac será uma das grandes responsáveis pela queda considerável no número de casos e mortes por Covid-19 no Brasil — continuou Paulus.

— As informações são positivas, e as pessoas podem confiar — afirmou Reale.

— Nenhum dos possíveis efeitos colaterais justifica os argumentos infundados do movimento antivacina — confirmou o professor na entrevista.

— É isso que temos que continuar provando e mostrando — completou Paulus.

— A vacina da Sinovac, a CoronaVac, é considerada segura e gera uma resposta do sistema imunológico com resultados iniciais promissores — informou professor.

Os voluntários da pandemia saíram aplaudidos e ovacionados pelas pessoas, por agentes de saúde e repórteres que prestigiavam o evento.

— Milhares de pessoas já foram vacinadas nas fases anteriores do ensaio e não sofreram consequências graves, como confirmado pelo estudo publicado na revista científica *The Lancet* em 20 de julho. — Ângelo lia outro artigo.

O Brasil e o mundo estavam em home office, a palavra estava na moda, tornando-se o termo mais usado nas empresas, nos cursos e em palestras virtuais.

As igrejas e escolas adotaram encontros e cursos on-line. Tudo passou a ser virtual, e todo serviço que não era essencial continuava fechado. As pessoas estavam trancadas em casa.

Para sair era uma verdadeira aventura, tinha que usar máscara, levar álcool em gel e manter distanciamento das pessoas. Não poderia ter beijo, abraço ou um simples aperto de mão de mão por causa da transmissão do vírus.

O uso da máscara se tornou obrigatório para entrar em qualquer estabelecimento. Todo o comércio deveria disponibilizar álcool em gel e aferimento de temperatura.

O distanciamento social causou uma mudança radical e significativa no comportamento das pessoas que não recebiam mais amigos e parentes em casa.

Houve a necessidade de realizar uma higienização mais consciente com as roupas e os calçados e tudo que se comprava em lojas e mercados.

As reuniões das famílias e amigos estavam suspeitas, cautelosas e proibidas. Os hospitais e as unidades de pronto atendimento estavam lotados de pessoas e funcionários contaminados e infelizmente um grande número de óbitos.

— Antes da pandemia, muitos desses médicos e pesquisadores trabalhavam em diferentes campos relacionados ao desenvolvimento de vacinas, incentivados por sua curiosidade ou por uma missão individual — disse o professor.

— Eles nunca pensaram que as expectativas de bilhões de pessoas dependeriam deles — falou Nenê com orgulho.

— O Brasil foi um dos países convidados a participar da testagem da vacina da Janssen com aproximadamente 7 mil brasileiros voluntários — informou o professor mostrando o jornal para todos.

Em nota oficial, o governador estendia o convite, mais uma vez, aos mensageiros da pandemia como símbolo positivo da campanha vacinal para essa nova fase de testes da Janssen.

Capítulo 29

NA RODA DE CAPOEIRA

A trupe de atores estava relutante em aceitar o convite e se reuniu para discutir o assunto antes de tomar uma decisão quando recebeu um convite especial da OMS para conhecer a África do Sul.

— A vacina da Janssen, da fabricante Johnson & Johnson, está sendo experimentada na África do Sul — disse Carvalho com alegria.

— Estamos liberados para prosseguirmos depois dessa participação da campanha de vacina de São Paulo. Vamos seguir com cautela para a África do Sul? —perguntou Ramiro.

— Milhares de voluntários vão participar do estágio clínico da vacina Janssen na África do Sul, mas os resultados serão conhecidos apenas na fase 3 do ensaio clínico — informou Ângelo.

— Os testes clínicos querem comprovar que é preciso apenas uma dose da vacina da Janssen contra a Covid-19 e que ela é capaz de atingir a eficácia necessária exigida pela OMS — informou o professor

— O principal benefício de uma vacina de dose única está em facilitar e agilizar as campanhas de vacinação — disse Paulus.

— Mas essa vacina tem sinais de reação alérgica grave como dificuldade de respirar, inchaço no rosto e garganta, batimento cardíaco acelerado, erupção cutânea forte em todo o corpo, tonturas e fraqueza — falou Carvalho.

— É verdade! Tudo isso e muito mais vai assustar e afugentar qualquer tipo de voluntário — concordou Ramiro.

— O medo, o preconceito e as informações negativas a respeito dessa vacina serão nossos maiores inimigos — concluiu o professor.

— Nossa missão é levar credibilidade e lhes dá confiança — continuou Reale sorrindo.

— A maioria dos negros sul-africanos foi completamente emancipada apenas depois de 1994, após o fim do regime do apartheid — informou Carvalho.

— Uma luta que teve um grande papel na história recente do país — completou o professor.

Os mensageiros da pandemia ainda estavam em discursão. Refletiam e decidiram que valeria a pena conhecer as belezas da África do Sul.

Ângelo e Carvalho sincronizaram os aparelhos celulares, acionaram o sistema operacional, atravessaram o portal e foram sem hesitar para a República da África do Sul. Foram parar bem no meio de um grande ajuntamento de pessoas.

Era a proibida aglomeração de pessoas formada por vários grupos de capoeira que vinham de vários lugares e tribos que tocavam seus instrumentos típicos, dançavam e cantavam com muito entusiasmo.

A arte da ginga era revezada por cada dupla que entrava na roda exibindo seus característicos golpes regionais ou de Angola, movimentos ágeis e complexos, utilizando primariamente chutes e rasteiras.

Cada grupo de capoeirista era reconhecido pela sua etnia, cor da calça da academia, pelo estilo dos golpes, das cabeçadas, das joelhadas, das acrobacias em solo ou aéreas como salto mortal.

— Estou em casa, e meu sangue está fervendo, o corpo está todo arrepiado, estou recebendo o chamado da capoeira — disse Carvalho entrando na roda de capoeira.

— Estamos em casa, vamos nos juntar, essa é nossa roda de capoeira — concordou Nenê bem animado.

Todos os voluntários foram convidados a entrar, um a um, na roda de capoeira. Brincaram e se divertiram como se fossem crianças. Por hora haviam se esquecido de que estavam ali para serem voluntários da vacina.

— Saudamos nossos irmãos brasileiros! — gritou um dos mestres, e todos disseram salve e os premiaram com cordões trançados com fios de ouro.

Os agentes de saúde se aproximaram da festa e lembraram a comunidade de que precisam de voluntários para a realização dos testes da nova vacina, mas não houve adesão.

A comunidade estava com medo e não tinha confiança no esquema vacinal, por isso o convite foi estendido aos ilustres visitantes.

— Senhores mensageiros da pandemia, é uma grande honra tê-los aqui em nosso país para a realização dos testes da nossa vacina Janssen! — agradecia o agente de saúde.

A comunidade toda parou para dar atenção aos ilustres visitantes que explicava a importância de se protegerem tomando a vacina da Janssen.

Reale se apresentou espontaneamente, tal atitude foi um incentivo aos colegas nativos da capoeira que tomaram prontamente a vacina sem medo dos efeitos colaterais, como arrepios, vermelhidão e inchaço no local da aplicação.

Os testes nos voluntários foram obtidos com sucesso graças à iniciativa dos mensageiros da pandemia.

— Em nome de toda nossa comunidade, agradecemos nossos queridos e ilustres voluntários que aqui chegaram na maior humildade e participaram conosco em nossa roda de capoeira — disse um mestre de capoeira.

Toda a comunidade e o grupo de capoeira aplaudiram e bateram nos tambores com orgulho em homenagem aos novos colegas capoeiristas.

Capítulo 30

CAMPANHA VACINAL DE 1992

As viagens dos mensageiros da pandemia ao passado, futuro e presente tinham consequências terríveis por causa dos sintomas, por isso tinha que ser programadas com precisão.

As passagens temporais eram cheias de expectativas e surpresas com realidades alternativas, diversificadas e surreais, que causavam náuseas e sensação de cansaço.

Era necessário observar corretamente o destino certo e ter a certeza para onde se estavam indo.

As improvisações eram inevitáveis e aconteciam sempre ao revezar os celulares quando se esgotavam as baterias.

Para evitar esses aborrecimentos, Ângelo e Carvalho se encarregavam de fazer verificações, checar os destinos e retificar erros de digitação.

Os mensageiros retornaram à escola e, por um desses erros de digitação, chegaram a um momento estranho do tempo. Era um antigo ponto de ônibus do bairro com abrigo que ficava em frente à escola.

Reale estava mal, com fortes dores de cabeça e vomitando. Foi levado para dentro da escola para ter um melhor atendimento.

Já era tarde. Os alunos do primário estavam em período de recreio e não usavam máscara, o que causou certa estranheza e curiosidade, pois o uso de máscara, no mundo atual, era obrigatório.

— Estamos em 1992, em plena campanha nacional de vacinação contra tétano, sarampo, caxumba e rubéola, a chamada tríplice viral — informou o professor.

As crianças estavam na fila para tomar a vacina que naquela época era ministrada na escola sem nenhum questionamento. Umas choravam, outras se mostravam corajosas.

— Muito bem, crianças, vocês estão de parabéns! Vamos erradicar esses vírus! — dizia o professor.

— Mas infelizmente o coronavírus não vai embora assim, de uma hora para outra! Nós vamos ficar com esse vírus um bom tempo, e muitas pessoas infelizmente morrerão! — lamentou Paulus.

— Esse é um verdadeiro balde de água fria nas pesquisas e no avanço da vacinação — falou Ângelo com espanto.

— Mas esse é um risco do avanço, do sucesso da medicina, da saúde e dos virologistas que devem ser superados em nome da ciência — disse o professor.

— Lembre-se das manchetes nos jornais e das mídias! "Parabéns aos cientistas e voluntários em todo o mundo por esse gesto tão simples e tão heroico!" — falou o professor.

— Nós conseguimos incentivar e motivar milhares de pessoas a tomar a vacina — lembrou Nenê. — Parabéns, mensageiros! A vacina é um sucesso em todo o mundo. Esse é o nosso reconhecimento.

Os mensageiros recarregaram os celulares, abriram e atravessaram o portal quando Ângelo percebeu certa instabilidade nos dados de transmissão e nas devidas configurações, mas não conseguiu abortar o sistema operacional.

O grupo, sem opção de retorno, se pôs em um enorme galpão. Estavam presos em um terminal de carga cheio de agrados.

Os vagões de carga eram de vários tipos e tamanhos como os vagões que estavam fechados que geralmente levavam caixas e pacotes de mercadorias.

Os vagões que estavam abertos costumam transportar minérios; havia também os vagões graneleiros que levavam grãos, tinha os vagões-tanque que transportam líquidos, e os vagões-cegonha, ou cegonheiras que carregam automóveis.

Capítulo 31

NO TERMINAL DE CARGAS

Os mensageiros pareciam perdidos no tempo e no espaço por causa da passagem agressiva pelo portal. Respiraram fundo, analisaram a situação e se questionaram.

— Onde estamos afinal? — indagou Ramiro.

— Estamos em um terminal de cargas! — respondeu Paulus.

— Houve uma falha na conexão e de acordo com o GPS, estamos em um local não identificado — informou Ângelo.

— Estamos em um laboratório químico farmacêutico do Exército — disse Paulus.

— Este cheiro, cheiro de indústria farmacêutica, parece ser de vacina — repetia Ramiro.

— Vamos dar o fora daqui antes que nos achem e nos joguem em outro calabouço! — disse Nenê.

— Ainda não podemos, tenho que reiniciar o sistema, atualizar e configurar, isso leva um tempinho — falou Ângelo.

O barulho das máquinas da linha de produção chamou atenção dos mensageiros, despertando e aguçando assim muita curiosidade.

— Existe outro galpão com minério de ferro, soja, açúcar, carvão mineral, grãos, milho, farelo de soja, óleo diesel, celulose e produtos siderúrgicos — pontuou Ramiro virando as cargas.

Aquele local era em uma estação desconhecida, clandestina, onde se desembarcavam cargas sinistras, como lotes de insumos importados e tubos de pó de comprimido. Havia uma produção em massa de um medicamento.

Os mensageiros seguiram discretamente por um corredor estreito, sem serem vistos, atraídos pelo som do motor da linha de produção para descobrirem o que estava sendo fabricado.

— Então é aqui que estão fabricando cloroquina? Essa é uma indústria de produção de comprimidos de cloroquina e hidroxicloroquina. Vamos sair logo desse lugar — disse o professor.

— Ainda não podemos. Temos que esperar uma conexão segura para reconfigurar o sistema operacional para ativar o portal — respondeu Ângelo.

Algumas pessoas estavam sendo levadas para um grande salão, uma espécie de quadra esportiva. Alguém falava de imunidade de rebanho, parecia ser um agente de saúde, pois usava um jaleco branco e dominava muito bem as palavras.

— Sejam bem-vindos, queridos voluntários! Estamos aqui hoje salvando nosso mundo, vocês estão prestando um grande serviço para a ciência. Estão fazendo a diferença — dizia o agente de saúde.

Os mensageiros, escondidos no andar superior, perceberam que as pessoas estavam em clima de festa e achavam que seriam voluntárias de testes de mais uma vacina positiva no combate ao coronavírus. Porém, não havia vacina nenhuma, era uma tragédia anunciada. Todas aquelas pessoas estavam sendo enganadas e correndo um alto risco de contaminação por causa da aglomeração.

A suposta promessa era a cura com o uso de um medicamento ineficiente contra o coronavírus chamado de kit Covid-19.

— Estão enganando essas pessoas. Não existe vacinação, isso é um extermínio! — anunciava irritado Carvalho, que foi contido por todos.

— Calma, muita calma nessa hora! Por favor, respire fundo! — orientava o professor.

O grupo observava todo o movimento para traçar uma rota de fuga segura enquanto aguardava a busca por um sinal de conexão.

Capítulo 32

OS VIPS DA CLOROQUINA

A Nova Ordem Mundial se aproveitava de pontos cegos dos países de terceiro mundo para realizar esses procedimentos. Eles possuíam contatos em várias cidades do planeta onde há vulnerabilidade de pessoas.

A Nova Ordem Mundial se aproveita desses lugares carentes, reúne e extermina centenas de pessoas usando experimentos não confiáveis. Eles atraem as pessoas com falsas promessas de emprego, vida fácil e próspera.

O alarme soou de repente como se denunciasse a presença dos invasores que se esconderam rapidamente em um alojamento.

O aviso sonoro era o sinal para que a comissão de recepção se preparasse impecavelmente com seus trajes de gala para receber os "vips" que estavam chegando.

Uma grande porta se abriu, e um homem, chamado de "O Anfitrião", que vestia um lindo traje com o paletó azul marinho e a calça em cor amarela, orientava o comitê de recepção na colocação de um longo e majestoso tapete vermelho no corredor principal.

A guarda oficial da Nova Ordem Mundial se posicionou estrategicamente na entrada enquanto aguardava a chegada triunfal dos vips.

Os mensageiros escondidos dentro do alojamento militar vestiram os uniformes dos soldados das forças especiais chamados de "guardiões" da Nova Ordem Mundial.

— Vamos apenas observar, espionar e acompanhar atentamente pelas frestas das janelas o momento exato de nos misturarmos sorrateiramente ao pelotão oficial e esperar a tão aguardada chegada dos misteriosos e famosos vips — Esquematizou Paulus.

A caravana dos vips finalmente havia chegado, cercada de seguranças com uma escolta formada por soldados fortemente armados que se posicionaram em vários pontos de observação e intimidação.

O anfitrião se aproximou da entrada principal e saudou os vips, que foram gentilmente conduzidos a uma grande sala de conferência.

Estavam presentes magnatas, empresários e presidenciáveis escoltados pelos seus assessores pessoais.

Capítulo 33

A NOVA ORDEM MUNDIAL

A sala estava equipada com um sofisticado sistema de segurança, sensor de presença e movimento, câmeras de monitoramento com visão de infravermelho, além, é claro, da presença de soldados das forças especiais chamados de guardiões da Nova Ordem Mundial.

Os mensageiros, infiltrados como guardiões da Nova Ordem Mundial, estavam em uma posição privilegiada assistindo de camarote aquela fantástica reunião secreta dos vips.

— Essa é simplesmente, uma reunião secreta da Nova Ordem Mundial, e temos uma revelação surpreendente dos personagens centrais — falou Paulus assustado.

— O que estamos esperando? Vamos dar o fora daqui, Ângelo! — insistiu o professor.

— O sinal está sendo bloqueado eletronicamente, não temos uma conexão segura — respondeu Ângelo.

— Silêncio! Essa agora é nossa missão! Temos que ficar e descobrir quem são esses líderes dessa organização poderosa e secreta e os seus objetivos — disse Reale.

— Essa reunião não tem nada de secreta "Novus Ordo Spectorium" — retrucou o professor.

— O que significa isso, professor? É a Nova Ordem Mundial? — perguntou Nenê.

— Exatamente! E tudo está à vista de todos, principalmente todas essas lideranças mundiais, organização secular que se reúne há muito tempo — disse Paulus.

— Organizações fraternais, como a Maçonaria, os Iluminatis, é tudo teoria da conspiração — concluiu Nenê.

— Essas organizações buscam o domínio total do mundo, por meio de influências e pressões políticas, econômicas e sociais — explicou o professor.

— Eles buscam uma forma de usar e se aproveitar no mundo pós--guerra, uma reorganização em benefício próprio — continuou o Paulus.

— Nessa teoria, essa poderosa organização secreta estaria conspirando para governar o mundo por meio de um governo mundial autoritário — falou Ramiro.

— Sim, senhores, e lá estão eles. Os vips! Ex-presidentes dos Estados Unidos, da Índia, Austrália, do Japão, líderes da União Europeia, Rússia entre outros. O que estão tramando? — indagou Nenê.

— Estão debatendo sobre um mundo pós-pandemia e tramando possivelmente contra a China — respondeu Carvalho.

Os presidentes acompanhados de seus secretários falavam com extrema arrogância em invasão e em violação ao principal símbolo do poder de cada país utilizando como pretexto o direito à liberdade de expressão.

— A insurreição, a invasão ao Capitólio, vai deixar profundas marcas na democracia, com mortes e prisões, e será uma investigação que nunca terminará — dizia um dos presidentes.

Invadir um dos principais símbolos do poder político no país é um alerta para as democracias no mundo inteiro.

— Vamos incentivá-los, vamos motivá-los, vamos fazer com que as pessoas acreditem num pacto sobrenatural para ganhar riqueza, mas elas serão apenas peões nesse tabuleiro de xadrez — discursava outro.

— Vamos realizar um golpe de Estado!

— Vou promover uma invasão, ocupar e resgatar o que é meu por direito com força pela guerra e forte armamento bélico — falou mais um líder.

— Para mostrar nosso poder, vamos invadir o Congresso Nacional e criar um gabinete de ódio — dizia outro.

— Isso é utopia, forçar a humanidade a aceitar um governo mundial imaginário que se baseia em uma religião anticristã — falou Nenê.

— Silêncio! Não podemos vacilar, estão de olho, podemos ser descobertos! — resmungou o professor.

— Mas isso é uma distopia, porque a humanidade estaria vivendo sob condições de extrema opressão, desespero e privação — questionava Reale.

— Ainda não temos conexão — disse Ângelo.

— Temos que sair daqui agora, está acontecendo uma movimentação suspeita ao nosso redor — sussurrou Ramiro.

O alarme soou e dessa vez era para denunciar uma falha na segurança. Os invasores mensageiros tinham sido descobertos, uma grande correria acontecia para proteger os vips e levá-los para um lugar seguro.

Os guardiões da Nova Ordem Mundial estavam sobre as ordens do capitão Paulus, mas não estavam seguros infiltrados ao pelotão.

— Vamos lá, soldados! Sentido! Chegou a hora, se lembrem do nosso treinamento, nós somos soldados da Nova Ordem Mundial, somos a linha de frente no combate a invasores — instruía o capitão Paulus.

Enquanto evacuavam a sala de reunião dos vips sob um forte esquema de segurança, os guardiões da Nova Ordem Mundial estavam em fuga e corriam com outros soldados atrás de um inimigo aparentemente invisível.

O capitão Paulus assumiu as ordens de comando, de tarefas e outros apontamentos de estratégia militar estabelecendo uma rota de fuga segura, algo que não seria tão fácil.

O grupo seguiu pelo pátio de operações perto do portão de saída que estava aberto sinalizando de que era uma cilada. O capitão Paulus percebeu a movimentação e abortou a fuga.

— Inimigos identificados e encurralados perto do portão no fronte sul, vamos caçar os invasores! — gritava um general com um megafone.

O capitão Paulus recuou o pelotão e refletiu, pois sabia que só os invasores pensariam em fugir exatamente pelo portão principal.

Ele usou uma manobra evasiva batendo em retirada, procurando opções mais seguras por onde conseguissem escapar, mas todas as rotas possíveis de fuga estavam estrategicamente mapeadas, vigiadas e extremamente esgotadas.

As opções ficaram escassas, e os mensageiros finalmente foram capturados.

— Vocês serão julgados à revelia como subversivos, desertores, terroristas, e jogados em uma cela escura — anunciou um general com orgulho.

— Vocês não podem nos prender aqui, isso é contra as leis humanitárias internacionais, vocês estão cometendo um crime — gritou Paulus.

— Não se preocupem, soldados, vocês logo serão libertados pela honra, pelo mérito e pela glória de morrerem em combate! — disse o general com alegria.

Um grande temor invadiu os corações dos mensageiros da pandemia que estavam disfarçados de guardiões da Nova Ordem Mundial e presos como terroristas e sem nenhum direito humanitário.

Capítulo 34

A GLÓRIA DE DEUS

— Mensageiros, não se turbe o vosso coração porque Deus disse a Isaías que com mão forte o ensinaria a não andar pelo caminho com um povo que conspira. O Senhor dos Exércitos é o vosso termo e o vosso assombro! — pregava Reale.

A trupe de atores prestava atenção em tudo que o sacerdote dizia.

Vamos santificar a Deus! Vamos clamar e Ele vai nos libertar! Glória a Deus nas alturas! Amém! — Reale continuava a pregação.

Um portão de ferro se abriu no fundo do corredor onde estavam presos os mensageiros da pandemia. Ouviam atentamente os passos do carrasco.

O som do ferrolho rangia anunciando ser o momento exato que antecedia a execução da sentença final, mas existia ainda fagulha; uma centelha de uma pequena esperança em seus corações.

Um homem se aproximava com traços europeus aparentando ser meio alemão meio russo e abriu a cela. Estava sozinho e desarmado.

— Camaradas, mensageiros da pandemia, vocês serão executados como terroristas e perturbadores da ordem e da paz mundial — informou.

— Camarada, Alexei, o que você está fazendo aqui? — perguntou Paulus surpreso.

— Deus me mandou para libertá-los. Camarada Paulus, que surpresa! A última vez que nos vimos foi em uma consultoria — disse Alexei.

— Alexei, eu também estou muito contente e surpreso de te ver aqui. Realmente foi o Eterno que te mandou para nos libertar — afirmou Paulus.

— Venham depressa, não temos muito tempo! Aqui estão mochilas com todos seus equipamentos — disse o Alexeis.

Os mensageiros deram glória a Deus e selaram com um amém. O homem os conduziu por um túnel secreto e os levou até uma passagem segura fora do terminal de cargas.

— Camaradas mensageiros da pandemia, vocês estão salvos agora. É preciso que levem para o mundo a informação de que os refugiados das guerras estão sendo usados como cobaias nos testes de novos remédios ineficazes no tratamento da Covid19 pela Nova Ordem Mundial.

— De que maneira estão usando essas pessoas como cobaias? — perguntou Paulus.

— A verdade é que milhões de pessoas estão sendo contaminadas e morrendo por causa desses medicamentos ineficientes contra a Covid-19 — informou Alexei.

— Obrigado, camarada! Mas quem é você realmente? — Quis saber Ramiro.

— Eu sou Alexei, o ativista, blogueiro, advogado e líder político da oposição na Rússia contra a corrupção do atual governo e em empresas estatais e um dos opositores do presidente da Rússia.

— É uma grande honra conhecê-lo, mas temos que te avisar que você vai sofrer vários tipos de atentados, orquestrado pela agência Russa FSB — informou o professor.

— Ainda vai ser envenenado por uma substância letal que te levará ao coma – completou Paulus.

— Obrigado, camaradas mensageiros! Eu acredito em vocês e tomarei os devidos cuidados, se estão aqui é porque tudo isso já aconteceu! — respondeu Alexei.

— Sim, a invasão do Capitólio — disse Nenê.

— A fracassada tentativa de invadir o Congresso Nacional — continuou Paulus.

— A guerra provocada por um país invasor — completou Ramiro.

— A comercialização frustrada da cloroquina — finalizou o professor.

Todos se despediram apressadamente quando soou, mais uma vez, o sinal anunciando a fuga dos prisioneiros que se prepararam rapidamente para acionar o sistema operacional.

Ângelo e Carvalho não tiveram tempo hábil para checar se o sinal de conexão era realmente seguro e tentaram atravessar o portal ao mesmo tempo, mas algo estava errado e confuso. O sinal estava sendo hackeado.

Capítulo 35

O LAPSO TEMPORAL

— Temos sinal, é fraco, mas não é uma conexão segura, não consigo estabilizar, está oscilante e só permite a passagem de um por vez com pausa de 15 segundos — informou Ângelo preocupado.

Ramiro e Nenê foram os primeiros a atravessar o portal, o que causou fortes sintomas da labirintite, como tontura e vertigem, náusea, perda de audição, zumbido no ouvido, desequilíbrio, sensação de estar caindo, vômito e transpiração excessiva.

Ângelo não sabia se era uma falha técnica ou uma imprecisão nas coordenadas.

— Não é possível realizar localização, todo o sistema está comprometido — Informou ele.

— O que isso quer dizer exatamente? — perguntou Carvalho.

— Essa instabilidade vai fazer com que cada passagem resulte em um lugar e tempo diferente — respondeu Ângelo.

— Quando passarmos pelo portal, nosso ponto de encontro será a escola — confirmou o professor.

Cada mensageiro que passava pelo portal, chegava a uma época e local diferente. Ângelo teve que recalcular a rota várias vezes até conseguir chegar próximo da escola.

A pandemia se espalhava assustadoramente pelo mundo com mais de 2 milhões de vidas perdidas e um número altíssimo de contaminados.

O estado de São Paulo registrava a triste marca de mais de 1 milhão de pessoas contaminadas e mais de mil vidas perdidas por dia.

Quando os mensageiros conseguiram se reencontrar, checaram todas as informações possíveis para se atualizar sobre a pandemia.

— O Brasil bateu um recorde trágico de 180 mil óbitos — informou Reale.

— Estamos no mês de dezembro, e a vacina ainda não chegou aos braços dos brasileiros — disse o professor.

— Vejam o que disse o ministro da saúde em rede nacional: "Nós somos os maiores produtores de vacina do mundo" — relatava Ângelo.

— Por isso ele foi, mereceu ser exonerado! — completou Carvalho.

Quando os mensageiros conseguiram se reunir na porta da escola, foram recebidos por muitos aplausos. A escola estava cheia, tinha um público significativo e respeitável. Todos usavam máscaras.

— Surreal! Estamos no evento de família em "Um dia na escola do meu filho" — informou o professor.

— E vocês estão sendo recepcionados por uma banda marcial regida pelo maestro Nenê — disse Nenê com uma enorme empolgação.

Os mensageiros entraram cumprimentando as pessoas que estavam assistindo a uma peça de teatro que supostamente era conhecida.

Capítulo 36

UM DIA NA ESCOLA DO MEU FILHO

Ramiro estava usando o figurino do Bispo de Áquila em uma apresentação com seus alunos de teatro.

Os alunos recitavam um exercício de aquecimento de vós "Boiam leve desatentos" em um ritmo muito lento.

Em seguida representava o rei Turturro, que recebia as princesas e fazia propostas para elas em troca de casamento, caso soubessem decifrar seu enigma.

O rei foi logo surpreendido por uma linda camponesa chamada Drastmam, que decifrou seu enigma e o desafiou com outro.

— Os ricos não precisam, e os pobres não têm! Existe alguma coisa maior do que Deus? — perguntava a camponesa.

Ao final de cada frase, o rei repetia que não sabia nada. Nada era a resposta, e meio sem querer o rei decifrou o enigma e casou-se com a camponesa. Todos aplaudiram calorosamente.

— Senhoras e senhores, é chegado o momento que todos aguardavam, recebam o grupo dos mensageiros da pandemia! — apresentou Ramiro.

O grande público aplaudia de pé os mensageiros que entravam sorrindo e agradecendo ao som da marcha "Brasília" tocada pela banda marcial sob o comando do maestro Nenê.

Havia um grande palco, montado no pátio externo, onde seriam anunciadas as informações de boas-novas que alegrariam o coração daquela multidão.

Para isso, estavam presentes algumas autoridades sanitárias, inclusive o diretor geral do Instituto Butantã que pediu o uso da palavra.

— Bom dia, senhoras e senhores! Quero agradecer a Deus por abençoar com coragem esses mensageiros que revelaram ao mundo a chegada da pandemia. Foi com muita valentia e determinação que foram voluntários nos testes da nossa vacina.

O povo aplaudia com alegria, dava viva e ovações.

— Por isso, temos a nossa vacina, a CoronaVac! Hoje é dia de vitória! Parabéns aos mensageiros! — finalizou o diretor enquanto a banda marcial tocava em ritmo de festa.

Os mensageiros foram cercados pela multidão de repórteres que queriam entrevistá-los ao vivo em rede nacional.

O dia da vitória estava sendo comemorado como se fosse o fim da pandemia quando se ouviu um grande estrondo de raios, relâmpagos e trovões. Parecia vir uma tempestade terrível.

Antes que pudessem perceber, os mensageiros não estavam mais na escola estavam em outro lugar. Uma passagem temporal foi aberta inexplicavelmente levando-os a outro cenário. Tudo havia se transformado em um palco absurdamente incrível.

— O sistema operacional foi ativado por um sinal aberto, remoto e não identificado — informou Ângelo fazendo a triangulação.

— Onde estamos? Eu não reconheço esse lugar — disse Reale intrigado.

— Bom, de acordo com minhas informações, estamos em Nova York, nos Estados Unidos da América — falou Ângelo.

Todos olhavam atentos ao espaço à sua volta para identificar o local onde se encontravam.

Estavam em um prédio luxuoso, magnífico, robusto e cheio de galerias, assentos confortáveis no andar abaixo e no andar superior. Observaram o átrio, um pátio na entrada de uma casa ou prédio, como um grande salão de recepção, laterais e ao centro um grande palco.

Havia também vários ramos de oliveira, representando um símbolo da paz, e o mapa-múndi, que representava todas as pessoas e países do mundo.

Capítulo 37

O DISCURSO NA ONU

A visão da tribuna era muito linda com uma pequena parede revestida com um mármore verde e dois lindos pedestais de acrílico branco fixados no chão.

O lugar era muito bonito; ao fundo havia um grande salão, que era reservado aos delegados das nações, onde estavam expostos os painéis de um artista brasileiro.

— Vejam os imensos painéis de Candido Portinari que cobrem toda a parede "Guerra e Paz" — alertava o professor.

Os mensageiros olharam e não enxergaram a resposta.

— Aqui é exatamente, a sede das Nações Unidas! Estamos na ONU — informou o professor.

Os mensageiros ouviram felizes, mas queriam saber mais.

— Os painéis retratam a guerra que sempre existiu na humanidade, essa é a grande mensagem do artista para o mundo! — explicava o professor com alegria.

— A ONU foi fundada por 51 países, em 1945, para promover a maior colaboração no que se refere a direitos humanos — Nenê lia a placa de inauguração da ONU.

— Bem-vindos, mensageiros, aos 75 anos da sede da ONU em Nova York! — disse animado o professor.

Enquanto ainda se maravilhavam com o fascinante e emblemático lugar onde aconteciam as famosas e importantes reuniões da Assembleia Geral, do Conselho de Segurança e atividades diplomáticas, dois congressistas começaram a discursar.

Estavam bem trajados, com um terno azul de linho da Oxford. Subiram na tribuna dos presidentes e começaram a discursar calorosamente para as poltronas vazias. Por ocasião da pandemia, todas as sessões estavam sendo virtuais.

Um desses oradores era o mister Paulus e o outro o Reale.

— Senhor presidente da Assembleia Geral, quero informar a todos os líderes mundiais de que a Amazônia é úmida, por isso não pega fogo, ok! — dizia mister Paulus.

Os ouvintes mensageiros subiram até a galeria para apreciar o recinto enquanto ouviam o discurso.

— Essa gente aí não tem nada a ver com nossa Amazônia! A Amazônia é dos brasileiros, nós temos a maior biodiversidade do mundo, nós temos o maior sistema de proteção das matas nativas de toda Amazônia! — discursava mister Paulus.

Os mensageiros que estavam assistindo de camarote entraram no clima e aplaudiam o palestrante quando o Reale começou a discursar.

— A paz do Senhor, irmãos e irmãs! Deus está conosco nesse momento, clamemos pela sua misericórdia porque estamos no pico da primeira onda da pandemia.

Os ouvintes exclusivos ficaram tristes, mas continuaram prestando atenção, e Reale continuou.

— O mal ainda não acabou porque vem aí uma segunda onda mais contagiosa e vai levar muitas vidas. Virá também uma terceira, uma quarta e quinta onda, uma mais contagiosa e mortal do que a outra — discursava Reale.

As mensagens da pandemia eram duras e verdadeiras. Parecia que o vírus mutante nunca seria derrotado.

— Ainda teremos as variantes Delta, Gama, Ômicron, entre outras, que serão terríveis e devastadoras, mas nosso Deus proverá e mandará a vacina para os homens de boa vontade — continuava Reale.

Os mensageiros, acomodados confortavelmente na galeria, acharam bonito o discurso e aplaudiram quando mister Paulus continuou inusitadamente.

— O Brasil é o maior exemplo de conservação de floresta no mundo — continuou Paulus animado.

De repente as portas do fundo do grande salão se abriram, e uma multidão enfurecida entrou gritando e protestando palavras de ordem.

Eram militantes, entidades ambientais, ONGs, como o Greenpeace, e até diplomatas.

— Mentira, mentira! Fora falsidade! Descaso! Enganadores! Negacionistas! Delirantes! Vergonha, vergonha, vergonha!

Os manifestantes se espalhavam por todo o salão carregando sobre os ombros os dois palestrantes que até então discursavam na tribuna que, sem saberem o que estava realmente acontecendo, foram levados para o final do corredor em direção à porta de saída.

Os ouvintes exclusivos estavam seguros na galeria e resolveram agir para resgatar os dois palestrantes.

Capítulo 38

VIDAS NEGRAS IMPORTAM

O povo na rua gritava "Black lives matter" sem parar, o tempo todo, numa marcha frenética contra o racismo.

Uma janela na galeria onde estavam os mensageiros se abriu, e uma simpática senhora, que parecia ser conhecida, tentava, por meio de gestos e sinais, dizer alguma coisa que, todavia, eles não entendiam.

Então ela soltou um cachorro, um pastor alemão que foi na direção dos mensageiros, que correram e fecharam um portão onde havia várias crianças brincando.

A eloquente senhora acenava e apontava para as crianças e para o cachorro, mas os mensageiros não sabiam o que significava.

A paciente senhora então fez mais uma tentativa gesticulando e olhando para as crianças novas e para que olhassem para a coleira gravada com o nome que estava no pescoço do cachorro no portão.

— Eu entendi! Crianças novas, cachorro de nome York, então é isso! Estamos em Nova York! "Black lives matter" — afirmou o professor.

A fadigada senhora sorriu enfim, suspirou por ter cumprido sua missão e fechou a janela.

— Mas o que isso significa professor? — perguntou Ângelo.

— Hoje é o dia dos protestos raciais aqui em Nova York, as ruas estão cheias de manifestações após a morte do ex-segurança George Floyd — informou o professor. — Estamos ouvindo "Black lives matter". Vidas negras importam!

— Mas o que vamos fazer? — perguntou Nenê.

— Professor, por favor, me diz que você teve uma ideia. Qual o plano? — insistiu Ângelo.

— Vamos resgatá-los lá na rua, eu e Nenê vamos por cima da galeria; Ângelo e Carvalho vão pelo átrio com o Ramiro — orientou o professor.

— A maioria dos atos é pacífica, mas o que acontece quando chegarmos lá na rua com essa multidão gritando? — indagou Ângelo.

— Temos toque de recolher em um território internacional, as ruas estão cheias de manifestantes, e sempre tem uma multidão maior do que essa em Nova York — finalizou o professor.

— O plano parece perfeito, mas, quando esses dois grupos gritando se chocarem, haverá uma grande confusão! — disse Nenê.

— É a oportunidade que precisamos para resgatá-los! — concluiu o professor.

— Professor, o Ramiro está no meio da multidão representando o Bispo do "Feitiço de Áquila" — informou Ângelo.

O grupo de manifestantes saiu pela porta principal e se deparou com um protesto gigantesco causando o caos e destruição.

Havia muita fumaça, confronto entre as tropas de choques, bombas incendiárias, tiros de borracha, lançamentos de pedras e foguetes, correria e gente ferida gritando por todos os lados.

Os mensageiros estavam no meio do fogo cruzado, buscaram se abrigar atrás das grandes barreiras de concreto tentando achar uma rota de fuga apropriada, pois havia perigo em todas as direções.

O barulho era insuportável. De repente surgiu um ônibus de estilo militar totalmente descontrolado. Parou em frente aos mensageiros, abriu as portas, e o motorista gritou:

— Subam a bordo se quiserem sobreviver!

As portas se fecharam automaticamente, e o ônibus sinistro e sem janelas seguia rapidamente pela avenida principal, First Avenue, que é uma via norte-sul no lado leste do distrito de Manhattan, na cidade de Nova York.

O veículo seguiu o tráfego em sentido único, desviando-se de bombas, barreiras, obstáculos e dos possíveis confrontos para o norte, desde a Houston Street por várias quadras, antes de terminar na ponte da Avenida Willis, no Bronx, próximo ao rio Harlem ao leste.

Os mensageiros, dentro daquele ônibus escuro, imaginavam como seria ter visto de perto ou apenas por alguns minutos os pontos turísticos bem conhecidos por 50 milhões de visitantes.

Queriam ver, por exemplo, a famosa Times Square, batizada de "A encruzilhada do mundo", a região iluminada onde se concentram os famosos teatros da Broadway, um dos cruzamentos de pedestres mais movimentados.

Trancados dentro daquele veículo, sentiam os solavancos quando passavam em cima das pontes de Manhattan e se entristeciam de não poder olhar os arranha-céus, como Empire State e os grandes museus.

Era desesperador imaginar que não veriam a Estátua da Liberdade, que representa o símbolo de boas vindas de uma escultura neoclássica colossal localizada na ilha da liberdade.

O Central Park também passaria despercebido, e não apreciariam aquele ponto turístico, considerado por muitos nova-iorquinos, um oásis dentro da grande floresta de arranha-céus existente na região de maior renome do mundo.

Capítulo 39

FUGA DE NOVA YORK

Havia várias pessoas esquisitas dentro do ônibus, umas estavam assustadas e desconfiadas, outras se sentiam acuadas e oprimidas e com muito medo e, por algum motivo, não falavam nada.

— Para onde estão nos levando? Quem são vocês? — insistia Paulus, sem resposta.

O ônibus seguia fazendo zigue-zague, em alta velocidade, em direção à ponte de Manhattan. O destino era o Brooklyn, mas foram bruscamente bloqueados por um novo confronto, forçando o condutor a desviar por um túnel interditado.

O velho túnel estava muito danificado, com vários danos elétricos e curtos-circuitos, que causavam grandes tempestades de raios e relâmpagos.

Quando o ônibus militar finalmente atravessou o túnel, se deparou com o East River, um rio estreito localizado a leste da ilha de Manhattan. O estreito separa a Long Island da ilha de Manhattan e do Bronx e é cortado por oito pontes.

O condutor senil sem hesitar não reduziu a velocidade, acionava várias alavancas, botões e sistemas de navegação transformando o veículo em um barco, um ônibus anfíbio conhecido como "Duck Tours".

O veículo anfíbio entrou em uma interligação clandestina com o rio Charles do estado de Massachusetts, que corre na direção nordeste, nascendo em Hopkinton e desaguando na aba denominada Boston Harbor, no golfo do Maine, oceano Atlântico.

O rio é de longa quilometragem e, no seu último trecho, faz a fronteira entre Boston e Cambridge.

O ônibus saiu do rio Charles e, em terra firme, parou próximo a uma estrada de tijolos vermelhos, na "Freedom Trail", um caminho que liga importantes pontos de referência locais.

A Freedom Trail é uma linha vermelha que guia multidões pelas ruas de Boston revelando as encantadoras características da cidade.

Os ocupantes do veículo desceram e foram direto para frente do museu de belas artes de Boston, Massachusetts.

Capítulo 40

A TRUPE DO MUSEU

Em frente ao museu, acontecia uma atração inusitada. Uma trupe de artistas locais contava a história da revolução americana.

Artistas caracterizados como os personagens da época estavam à disposição dos turistas informando de maneira teatral os dados históricos.

Havia uma grande aglomeração de pessoas, crianças, jovens e adultos, ansiosas para entrar no museu, pois, naquele dia, os organizadores faziam eventos chamados "Open House", com entrada gratuita.

— Esse é um dos maiores museus dos Estados Unidos e guarda a segunda maior coleção permanente de obras de arte na América. Sua construção é em estilo neoclássico — informou o professor.

Um dos artistas chamou atenção dos mensageiros, pois tinha uma voz e tempo de comédia característico bem conhecido pelos mensageiros.

— Senhoras e senhores! Damas e cavalheiros! Confusas e senhorios! Sejam todos bem-vindos ao Museu de Belas Artes de Boston! — anunciava o artista.

Os mensageiros o reconheceram primeiramente pelo tom de voz, mas a confirmação oficial só foi possível pelo visual, que revelou que o ator fazia parte do grupo de teatro em peças de comédia Dell'Arte.

Ele era tremendamente cômico e fazia rir facilmente todos os espectadores com seu jeito alegre e sorriso contagiante.

Ângelo não se conteve diante de tanta emoção de reencontrar o amigo que considerava um irmão e o aplaudia com muito prazer, choro e alegria, com os mensageiros que compartilhavam do mesmo sentimento.

Os aplausos calorosos dos mensageiros chamaram atenção do ator que os fitou de longe, os reconheceu imediatamente e correu para os braços dos amigos.

— Francisco! Que saudades de você! — gritaram todos de uma só vez.

Os mensageiros foram convidados a participar da performance atuando como atores da Revolução Americana usando as casacas vermelhas.

O público foi à loucura. Começou a aplaudir com se aquela cena fizesse parte do espetáculo.

Os mensageiros eram conhecidos no teatro como "Os reis do improviso", por isso logo se adaptaram e se colocaram à disposição do espetáculo, pegando e tocando os instrumentos musicais da trupe.

O professor entrou tocando a sanfona, Ângelo começou a tocar zabumba, Paulus ficou tocando o triângulo, a caixinha clara ficou com o Nenê, Carvalho pegou o pandeiro, e Ramiro fazia o vocal.

— Senhoras e senhores, damas e cavalheiros, confusas e senhoritos! A trupe dentro da trupe tem o prazer de apresentar "Os Casacas Vermelhas"! — Francisco apresentava os artistas mensageiros.

— Nesse parque público dos Estados Unidos, as tropas britânicas conhecidas como "Casacas Vermelhas" montaram acampamentos para começar as batalhas contra a independência das Treze Colônias — dizia o professor entrando no personagem.

A trupe de artistas representava as cenas do exato local de encontro entre Benjamin Franklin e Samuel Adams.

— Aqui nesse local aconteceu a batalha de Bunker Hill, em que as Treze Colônias venceram a guerra! — Ângelo narrava com eloquência.

Os artistas representavam cada cena de acordo com a narração enquanto o público aplaudia com alegria.

— Senhoras e senhores, nosso museu é sinônimo de diversão, história e cultura — dizia Nenê.

O museu abriga mais de 450 mil obras, localizadas nos quatro níveis disponíveis, e a maioria delas também pode ser vista na galeria on-line no site do museu. Além disso, recebe mais de 1 milhão de visitantes por ano.

— Temos aqui o maior conjunto de obras de artistas japoneses fora do Japão — relatava Francisco.

— E lá no Japão ele é chamado de Artes de Nagoya — dizia o professor entrando em cena.

— Aqui estão algumas das obras mais relevantes: o retrato de George Washington! — falou Ramiro ao público.

— A Roma Moderna do Panini! — continuou Ângelo.

— O carteiro do Van Gogh! — disse Nenê.

— E o gigante pelado do Goya! — anunciou Francisco comicamente fazendo todos rirem.

— Não, não é pelado! É gigante sentado do Goya! — repreendia a trupe fazendo o povo rir para valer.

— Aquele ator cômico, típico, com veia artística e o tempo certo da comédia era conhecido, visto que não perdera o jeito de atuar.

Capítulo 41

MODERNA DOS BILHÕES

A trupe agradava todos, assim entrou sem nenhum problema no Museu de Belas Artes de Boston para dar sequência às cenas cômicas e lúdicas da vacina numa suposta sala usada como laboratório da farmacêutica Moderna.

— Senhoras e senhores! Respeitável público! Sejam bem-vindos ao nosso teste oficial da nossa vacina! — anunciou Paulus com uma agulha gigante.

— Vamos precisar de um voluntário corajoso. Você será o primeiro — disse apontando para Ramiro e lhe aplicando falsamente a enorme agulha.

Um médico entrou em cena, pediu que as pessoas se oferecessem para participar da brincadeira e começou a vacinar todos, inclusive as crianças.

O público assistia e se divertia com as caretas que as pessoas escolhidas faziam quando tomava a suposta falsa vacina, supondo ser parte da cena que deveria ser engraçada, mas na verdade era real. A vacina estava sendo aplicada nas pessoas.

— Senhoras e senhores, obrigado pela sua contribuição! A vacina foi eficaz em todas as faixas etárias, sexos, grupos raciais e étnicos e participantes com morbidades médicas — agradeceu o médico.

— A Moderna anunciará, em um comunicado oficial, que a sua vacina contra a Covid-19 foi eficaz em adolescentes de 12 a 17 anos — dizia outro médico

— O laboratório da Moderna é pioneiro nas vacinas contra a Covid-19 na luta contra a pandemia — informava o médico.

O público e os artistas da trupe ainda atônitos não sabiam se era uma comédia ou tragédia, mas tudo que estava acontecendo era real, inesperado e de má fé, pois estavam usando os artistas e enganando as pessoas.

A situação seria cômica, se não fosse trágica, e não poderia ficar pior quando entraram em cena grupos de cientistas batendo boca em uma tremenda discussão.

A Arbutus Biopharma e a Genevant Sciences, ambas pequenas empresas de biotecnologia, entraram na justiça contra a vacina de RNA mensageiro registrada pela Moderna por ter violado a patente para a tecnologia de nanopartículas lipídicas.

— Vocês estão sendo acusados, pela segunda vez, de ter roubado nossa tecnologia para desenvolver sua vacina contra a Covid-19 — acusava o cientista da Arbutus Biopharma.

— Nós vamos solicitar autorização da agência regulatória americana para que o imunizante seja aprovado no país nos próximos dias — retrucava o médico da Moderna.

— A vacina da Moderna rendeu à empresa bilhões de dólares em receita — respondeu o médico da Genevant Sciences.

As empresas farmacêuticas assustaram a todos os presentes que se afugentaram. O público saiu alucinado do museu quando a força policial chegou para conter os ânimos.

Capítulo 42

A TRAVESSIA DO RIO GANGES

A trupe de artista dos mensageiros se abrigou nas portas fechadas da famosa universidade de Cambridge, Massachusetts, enquanto a força policial capturava os arruaceiros no meio da multidão.

Os mensageiros não tinham opção de rota de fuga para escapar da força policial quando um veículo conhecido se aproximou.

— A trupe das casacas vermelhas! Já estou me acostumado a salvar vocês. O que estão esperando? Entrem logo! — ordenava o piloto com um sorriso enigmático.

Os mensageiros entraram exatamente no mesmo ônibus anfíbio, mas Francisco se recusou. Ali mesmo, com lágrimas caindo dos olhos, se despediu dos amigos.

— Foi um grande prazer contracenar mais uma vez com vocês!

O condutor do ônibus parecia mais transtornado do que na primeira vez que o viram, seguiu pelo velho túnel danificado pelos curtos-circuitos.

— O curto-circuito tem potencial de causar distúrbios e afetar a qualidade da comunicação por rádio, sistemas de navegação, células solares de satélites, radares e até mesmo das bússolas — explicava Ângelo alucinado.

— Estamos com interferência magnética afetando nosso sistema operacional? — perguntou o professor preocupado.

— Sim, estamos sem sinal, sem acesso e sem controle da situação! — respondeu Ângelo.

As pequenas explosões da rede elétrica dentro do túnel pareciam efeitos de tempestades magnéticas interrompendo as comunicações, causando queda de energia e provocando raios e relâmpagos.

— Esse fenômeno vai abrir acidentalmente uma passagem temporal — informou o professor.

— E para onde isso vai nos levar? — perguntou Ramiro.

— De acordo com minhas informações, estamos sendo deslocados misteriosamente para o rio Ganges — respondeu Ângelo.

— O rio Ganges fica na Índia! — exclamou o professor.

O ônibus anfíbio entrou rasgando nas águas do rio sagrado pelo povo Hindu atravessando toda sua extensão chegando ao seu destino sombrio.

Havia várias pessoas se banhando e bebendo da água do rio Ganges, pois acreditavam que seus pecados seriam purificados pela deusa Ganga.

O veículo parou em terra firme, e os viajantes desembarcaram em um campo de refugiados.

— Onde estamos exatamente e quem são essas pessoas? — questionava Paulus.

— São os refugiados de Mianmar. O país sofreu um golpe de Estado — respondeu o motorista misterioso.

Os mensageiros da trupe das casacas vermelhas ficaram preocupados com o fato de estarem em um campo de refugiados e ainda mais curiosos em saber a verdadeira identidade daquele condutor misterioso.

Ele conhecia de fato os atores mensageiros da pandemia e tinha um carinho especial com se fossem seus amigos pessoais. Resolveu ficar ali esperando calmamente a situação se resolver, pois estavam cercados por vários soldados.

Capítulo 43

REFUGIADOS DE MIANMAR

Os refugiados de Mianmar e os mensageiros foram recebidos por um grupo de soldados, fuzileiros e uma equipe médica formada por cientistas, pesquisadores e virologistas, todos devidamente equipados com luvas, máscaras e roupas de prevenção.

O objetivo da missão era usá-los, os refugiados de Mianmar, como cobaia de teste de uma nova vacina que fosse totalmente competitiva e aprovada pela OMS.

— Sejam bem-vindos, valentes voluntários da vacina contra Covid-19! — disse um soldado.

— Contemplem a principal atração da cidade de Agra! Sigam pela linha azul até o final do corredor! — orientou outro soldado.

Quando desceram do veículo, tiveram o vislumbre de um lugar indiscutivelmente belo, capaz de atrair milhões de turistas do mundo inteiro todos os anos.

O prédio era um imponente Mausoléu, considerado uma das sete maravilhas do mundo moderno.

Os voluntários estavam diante do famoso Taj Mahal, um monumento em mármore branco, revestido por pedras preciosas.

— Fascinante! O Taj Mahal é conhecido como a maior prova de amor do mundo — disse Nenê.

— Sua cúpula é costurada por fios de ouro e contém inscrições retiradas do Alcorão — continuou Reale.

Os refugiados, assustados e intimidados, eram levados escoltados para dentro de um laboratório para a realização do teste da vacina. O ambiente era muito suspeito, e o tratamento, intimidador.

Havia soldados empurrando os refugiados ameaçando-os e torturando-os, fazendo um verdadeiro terrorismo, caso não houvesse cooperação.

Os soldados estavam prontos para reprimir qualquer tentativa de fuga, com liberdade para usar força ostensiva.

O local por onde passavam estava cheio de pacientes moribundos e enfermos nas camas, nas macas improvisadas e nos corredores.

Os voluntários que não resistiam ao teste da vacina eram levados para o lado de fora das tendas e cobertos com um grande lençol branco.

Os corpos que ali jaziam há muito tempo eram sepultados em covas coletivas à vista de todos.

Os mensageiros da trupe das casacas vermelhas se opuseram e protestaram contra o comportamento agressivo dos soldados.

Era um comportamento insuportável, o clima estava tenso o suficiente para fazer valer a autoridade hierárquica de um capitão.

Tudo isso despertou a ira de mister Paulus, que fez valer sua patente de capitão.

— Soldado, sentido! Que modos são esses? Eu sou o capitão Paulus e preciso falar com quem está no comando!

O soldado olhou para o capitão Paulus e reconheceu o uniforme do sodado da guarda real da Nova Ordem Mundial.

— Desculpe-me, senhor, vou chamar o general e a doutora agora! — disse o soldado batendo continência.

Uma mulher com um jaleco branco, óculos, prancheta na mão se aproximou e se apresentou.

— Capitão Paulus, sou a doutora responsável pelo conselho de pesquisa médica da Índia.

— Por favor, doutora, nos diga o que está acontecendo? Do que vocês estão precisando nesse momento?

— Nós precisamos de resultados rápidos e positivos para aprovação da nossa vacina!

— Mas vocês já têm um bom número de voluntários aqui nesse laboratório.

— Infelizmente muitos dos nossos voluntários morreram recentemente.

Aquela informação assustou todos que estavam naquele local e caiu como uma bomba, abalando ainda mais os supostos voluntários.

— Nós precisamos de credibilidade perante a opinião púbica e de total apoio da comunidade científica — finalizou a médica.

Era muito triste, comovente e macabro o que os voluntários presenciavam. Cada ser humano era usado como cobaia e abatido pelo teste vacinal sem direito e reconhecimento algum.

— Nós somos os mensageiros voluntários da pandemia e estamos aqui para ajudar — informou Nenê.

— Nós precisamos de voluntários destemidos e corajosos — respondeu a médica.

— E de quantos voluntários vocês precisam? — questionou Carvalho.

— De seis voluntários que sobrevivam ao teste da nossa vacina, a Covaxin.

Os mensageiros voluntários pensaram por um instante, respiraram fundo e tomaram uma decisão firme e certeira.

Capítulo 44

A COVAXIN – ÍNDIA

— Nós seremos seus voluntários com uma condição — disse o professor.

— Está bem! Qual? — indagou a doutora.

— Faremos o teste e, se passamos com vida, sua vacina será aprovada — explicava Paulus.

— Prometam que soltarão todos os refugiados garantindo todos seus direitos de cidadãos livres — negociou Ângelo.

— Aceitamos sua proposta se aceitarem nossa contraproposta — disse a doutora.

— Qual a sua contraproposta? — indagou o professor.

— É muito simples! Apenas uma entrevista para a imprensa. Vocês terão que dar uma entrevista para nossas redes locais e uma coletiva para mídias internacionais, principalmente para Os Repórteres Sem Fronteiras — respondeu a doutora.

Os mensageiros ouviam atentamente.

— Informem que nossa vacina é cem por cento eficaz no combate ao novo coronavírus para que ela seja aceita em todo o mundo — concluiu a médica.

— Está bem, doutora, nós faremos essa coletiva em nome da ciência — concordou Ramiro.

Os testes foram realizados com sucesso nos voluntários, sem nenhuma baixa, e a vacina desenvolvida pelo laboratório indiano Bharat Biotech foi devidamente aprovada.

A Covaxin foi apresentada para OMS com uma eficácia geral de 78% nos casos sintomáticos e 100% nos casos graves.

Os mensageiros voluntários estavam satisfeitos com a proposta cumprida e realizaram a coletiva de imprensa internacional em que foram homenageados pelo comandante supremo das forças armadas indianas:

— Parabéns aos destemidos e corajosos cientistas estrangeiros que nos auxiliaram nos testes da nossa vacina, a Covaxin!

— Vocês são os verdadeiros mensageiros do fim da pandemia — parabenizou a doutora.

Os mensageiros da pandemia foram premiados com uma medalha de honra ao mérito pelo comandante.

A importação dessa vacina foi autorizada pela Agência Nacional de Vigilância Sanitária de forma temporária, mas com restrições e quantidade limitada a 4 milhões de doses.

No entanto, a agência decidiu encerrar o processo que analisava o uso emergencial do imunizante. Com a medida, os estudos clínicos do imunizante no país também foram suspensos.

— Temos um bom sinal de conexão extremamente segura professor — informou Ângelo alegremente.

Capítulo 45

A IDENTIDADE DO MOTORISTA

O grupo já estava desconfiado da verdadeira identidade do condutor daquele sinistro transporte, mas precisava confirmar.

— Quem é você soldado? — perguntou Carvalho.

— Eu sou o irmão da oração, o Isoldo. Estou muito emocionado e feliz de poder revê-los e ajudá-los! — respondeu o condutor.

Os mensageiros da trupe das casacas vermelhas foram surpreendidos novamente pelo destino, pois Isoldo era o colega que sempre estava presente nas atividades da comunidade.

Ele desceu do veículo saudando todos com a paz de Deus e os abraçou com emoção chorando por reencontrar os amigos.

— Isoldo, o que você está fazendo aqui tão longe de casa? — perguntou o professor.

— Minha missão é resgatar os refugiados e levá-los para um lugar seguro — respondeu ele.

O grupo de atores se despediu do amigo que ainda tinha que cumprir sua missão de levar aqueles refugiados para um lugar seguro.

— Deus abençoe a trupe das casacas vermelhas! — disse Isoldo, e todos selaram com amém.

— Então trace as coordenadas e vamos para casa! — falou sorrindo o professor.

O portal então se abriu perfeitamente encantando os mensageiros como se fosse a primeira vez. Eles o atravessaram sem nenhuma oscilação ou perturbação na linha do tempo ou um salvo engano de coordenadas.

Estavam ansiosos para finalmente chegarem às suas casas, para receberem e darem as boas-novas.

Os mensageiros da pandemia ainda com as casacas vermelhas estavam tão felizes que não perceberam que estavam sendo rastreados, monitorados e redirecionados para além do seu tempo.

Capítulo 46

NA PRAÇA VERMELHA

Entraram no segundo ano da pandemia, em 2022, cobertos de neve como se estivessem em um cartão postal vislumbrando palácios, catedrais e um complexo fortificado, com muralhas e torres. Estavam simplesmente no Kremlin de Moscou!

— Professor, fomos hackeados e redirecionados por um grupo de hackers, o Anonymous — informou Ângelo.

— Quem são esses hackers? — perguntou Carvalho.

— É o grupo mais famosos e perigosos do mundo! — gritou Ângelo assustado.

— Mas como isso é possível? — questionou Ramiro.

— Isso se deve ao aumento de equipamentos potencialmente vulneráveis conectados à internet — respondeu Ângelo.

A Praça Vermelha estava repleta de turistas que queriam presenciar o exato momento da troca da guarda de honra do regimento do Kremlin.

Os moscovitas envolviam todos com a alegria na realização dos eventos, na diversidade de festivais, concertos, feira de livros e artesanato e exibição de carros antigos.

Um enorme ringue de patinação no gelo estava montado, no centro da Praça Vermelha, fazendo a alegria das crianças e adolescentes. Havia degustação de vinhos e pratos típicos da Rússia e outros eventos de entretenimento.

— Estamos na capital da Rússia, na Praça Vermelha, no coração de Moscou, na sede do poder executivo! "Fortaleza dentro de uma cidade" — informou o professor.

— O Kremlin de Moscou é uma das fortalezas mais famosas do mundo e uma das cidades mais populosas — continuou Paulus.

— O local em si já é uma grande obra de arte. Vejam aquelas torres, os muros e a catedral de São Basílio, que parece um castelo de contos de fada com suas cúpulas coloridas — explicava o professor para todos.

— Margeando as altas muralhas do Kremlin, está o Túmulo do Sodado Desconhecido — informou Paulus.

Os mensageiros estavam tão fascinados com os moscovitas que se divertiram à beça dançando com a companhia de balé Bolshoi!

— O balé Bolshoi é um dos grandes orgulhos da cultura russa — informava o professor.

Os mensageiros ouviam e dançavam como se fossem bailarinos locais.

— A catedral da trindade era considerada uma cidade celeste, tão venerada quanto Jerusalém. Agora se chama catedral de São Basílio — relatou o professor.

— Essa catedral foi encomendada por Ivã, o terrível! Grão príncipe de Moscou e o primeiro Czar da Rússia — disse Paulus com orgulho.

— Por que o chamavam de terrível? — perguntou Carvalho.

— Diz a lenda que Ivã, o terrível, achava tão linda a catedral de São Basílio que teria mandado cegar o arquiteto para que ela fosse única — explicou o professor.

Enquanto se divertiam e desfrutavam da cortesia dos moscovitas, os mensageiros, ainda vestidos com as casacas vermelhas, foram reconhecidos e surpreendidos por jornalistas que queriam maiores informações acerca da eficácia da vacina russa.

— É verdade que o presidente já foi imunizado contra a Covid-19? — perguntou uma repórter.

— Com qual vacina o presidente se imunizou? — perguntava outra.

— É verdade que o presidente declarou de que não apoia a vacinação obrigatória? — perguntava mais uma repórter.

A entrevista terminou antes que os mensageiros dissessem uma única palavra. Eles foram bruscamente interrompidos pelas forças armadas da Federação Russa chamadas de Spetsnaz.

As forças armadas da Federação Russa tinham a pior reputação do país. A Spetsnaz foi criada como uma das melhores tropas de elite do mundo sendo controladas pela agência de inteligência da Rússia.

Capítulo 47

NO BUNKER 42

— A Spetsnaz cumpre suas missões a qualquer custo. Tem permissão para matar ilimitadamente até alcançar o objetivo estabelecido, inclusive coibir e censurar a imprensa, sem a garantia de direitos políticos e de liberdade civis.

— Venham conosco, mensageiros, vocês são convidados de honra do nosso comandante supremo! — informou gentilmente o general.

— Está bem, general, seremos seus convidados! — disse Paulus ironicamente.

Os mensageiros foram levados para visitar o Bunker 42, que foi muito usado em tempos de guerra.

O local foi construído logo após o primeiro teste com bombas nucleares durante a Guerra Fria e fica embaixo do Kremlin de Moscou. Hoje é um museu cheio de adrenalina aberto para visitas e turistas curiosos.

— Para onde estão nos levando? — questionou Carvalho.

—Não se preocupem, vocês serão bem tratados. Esse é o Bunker 42, nosso lugar secreto — respondeu o soldado satirizando.

— Muito bem, mensageiros, vocês esperam aqui os cientistas do Instituto Gamaleya — ordenou um dos soldados.

— Gamaleya é uma instituição de pesquisa líder no mundo em seu campo, recebeu o nome de Nikolai Gamaleya, pioneiro da pesquisa russa em microbiologia — explicou o professor.

— Senhores mensageiros cientistas, pesquisadores da pandemia, muito prazer em conhecê-los! Somos os cientistas responsáveis pelo Instituto Gamaleya de Pesquisa da Rússia! Por favor, sente-se.

Os mensageiros se sentaram à mesa em uma sala de reuniões, onde todos os cientistas começaram a falar um de cada vez.

— A Sputnik V foi, desde o início, considerada a mais "misteriosa" das vacinas em desenvolvimento — iniciou um cientista.

— Mas a população local vê o produto com desconfiança por ter sido tão rapidamente registrado pelas autoridades — falou outro.

— Precisamos de credibilidade para divulgação e publicação no periódico científico *The Lancet* — disse um terceiro.

— Os dados revelam uma taxa de eficácia de 91,6%. A avaliação de eficácia e a segurança desse imunizante envolveu 20 mil voluntários e possíveis efeitos colaterais em longo prazo — explicou mais um dos cientistas.

— A vacina precisa ser registrada antes mesmo da conclusão dos testes de sua eficácia — concluiu outro.

Capítulo 48

A SPUTNIK V

— Por isso, nossa vacina deve ser a primeira no mundo a ser aprovada por uma autoridade sanitária de respeito e notoriedade! — falou um dos cientistas. — Mas as autoridades sanitárias precisam ouvir essa confirmação dos camaradas mensageiros e voluntários da Sputnik V — completou.

— Se assim o fizermos, o que ganhamos com isso? — questionou Ramiro.

— A liberdade! Afinal, vocês estão em um Bunker de Moscou — respondeu um dos cientistas intimidando o grupo.

— Como faremos isso preso aqui nesse porão? E o que mais ganharemos em troca? — insistiu Paulus.

— Vocês não são nossos prisioneiros, tudo que queremos é que tomem a vacina em rede nacional — disse alegremente o cientista.

— Participem da entrevista ao lado do presidente e estarão livres. Simples assim! Em troca, como forma de agradecimento, vamos compartilhar um pequeno segredo com vocês.

Os mensageiros da pandemia, sem ter outras opções, aceitaram a proposta e tomaram a vacina em rede nacional russa enquanto os cientistas afirmavam que mais de 800 mil pessoas na Rússia já tinham sido imunizadas com sucesso.

O presidente russo aproveitou a ocasião para homenagear os cientistas mensageiros ao encorajar os cidadãos russos a se vacinarem com a Sputnik V, que foi aprovada pelas autoridades sanitárias.

— Nós criamos e colocamos em órbita o primeiro satélite no mundo, o Sputinic — discursava o presidente russo.

Os camaradas moscovitas aplaudiam, e o presidente seguia com o discurso.

— Agora nós temos a salvação do mundo, com a aplicação da Sputinic V. A propagação da pandemia só pode ser evitada pela vacinação — finalizou o presidente.

Para honrar o compromisso de compartilhar seu misterioso segredo, os cientistas moscovitas acompanharam os camaradas mensageiros até o templo ortodoxo localizado na cidade de São Petersburgo.

A catedral de Kazan era um dos raros exemplos do estilo imperial trabalhada na Rússia. Uma oportunidade única de ver a majestade de sua beleza e história arquitetônica no estilo do classicismo.

— Senhores camaradas mensageiros, esse é nosso memorial militar para celebrar a vitória Russa na guerra napoleônica. Observem as torres das sinaleiras, apreciem as duas capelas, a rica decoração das paredes externas!

Os mensageiros já tinham sido liberados eletronicamente, mas aguardavam ansiosamente por uma inesperada surpresa.

— Camaradas mensageiros, estamos aqui para cumprir nossa parte no acordo. Vamos revelar nosso pequeno e precioso segredo pronunciando as palavras mágicas!

— "Alan Kazan!" — exclamou o cientista.

Um lindo portal radiante e colorido se abriu bem diante dos olhos dos privilegiados, era algo notadamente incrível, inacreditável e maravilhoso.

— Obrigado aos camaradas mensageiros pela cooperação! — disseram em coro os cientistas.

Os mensageiros também agradeceram os cientistas moscovitas pelo voto de confiança de compartilhar aquele fantástico segredo e atravessaram o portal sentindo mais uma vez todos os sintomas de labirintite.

A passagem pelo portal dos moscovitas não foi nada suave, causando-lhes as mesmas sensações de mal-estar, muita turbulência e maior tempo de recuperação.

Capítulo 49

O FIM DA PANDEMIA

Os mensageiros do fim da pandemia chegaram atordoados e desidratados próximo às montanhas dos Alpes.

A comunidade científica sabia que o fim da pandemia aconteceria com uma campanha vacinal global e aplicação em massa em todas as cidades do mundo, principalmente nos países mais pobres.

Olharam para todos os lados e só viram picos alpinos, ruas arborizadas, edifícios históricos e belas montanhas cobertas de gelo.

O professor tinha uma vaga lembrança do impressionante Mont Blanc localizado nos Alpes franceses.

— Benditos moscovitas nos levaram para uma fria! Onde estamos? — resmungava Paulus.

— O sinal geográfico de localização está girando como se fosse uma bússola descontrolada — informou Ângelo.

— Estamos em Chamonix, Genebra, na Suíça! Ilha de paz e tranquilidade —informou o professor.

A cidade encanta pelo seu charme e cativa os turistas pela boa gastronomia e pelas atividades ao ar livre, como alpinismo, caminhadas e paraquedismo.

— Esse pequeno vilarejo tem a vista mais inda do mundo — disse Nenê encantado.

— Temos que achar um lugar, um prédio que tenha sinal de Wi-Fi para recuperar o sinal de conexão — falou Ângelo.

— Temos os prédios do museu da Cruz Vermelha e a sede da OMS — informou o professor.

Os mensageiros seguiram para o museu onde estava escrito em seu principal painel de boas-vindas.

"A missão do museu Internacional da Cruz Vermelha é a compreensão da história, eventos atuais e desafios da ajuda humanitária".

A faixada espelhada refletia duas lonas brancas com os dois símbolos da Cruz Vermelha que inspirou a bandeira da Suíça.

O grupo foi muito bem atendido no museu da Cruz Vermelha. Beberam, comeram e foram reconhecidos por membros e funcionários, que os convidaram para fazer parte de uma conferência sobre a pandemia.

— Mensageiros da pandemia, sejam bem-vindos ao museu da Cruz Vermelha! — saudou-os um dos membros.

— Obrigado pela gentil e amável recepção! — agradeceu o professor.

— Temos a honra de convidá-los para serem nossos consultores em nossa conferência!

— Será um grande prazer fazer parte dessa missão! — respondeu o professor.

A videoconferência estava sendo discutida on-line com a diretoria da OMS com transmissão ao vivo para todo o mundo.

O Comitê organizador do museu preparou um traje de gala especial para os mensageiros, que participariam como consultores da pandemia.

O traje de gala era a ocasião perfeita para a troca de figurinos, finalmente deixariam de usar as casacas vermelhas. Vestiam um casaco azul com fios e franjes dourada, com uma camisa branca e o símbolo em vermelho da cruz vermelha.

Infelizmente o fim da pandemia não estava próximo, era preciso tomar medidas radicais no combate ao vírus com a arma mais eficaz que o ser humano conseguiu inventar, a vacina.

Os mensageiros consultores do fim da pandemia se sentaram em lugares distintamente marcados pela comissão.

Capítulo 50

VARIANTE DELTA-ÔMICRON

Um sinal sonoro anunciava o início da videoconferência, todos se sentaram à mesa em formato de oval equipada com fones de ouvido, microfones e webcam para todos os palestrantes.

Havia um grande telão na parede oposta, com visão geral de todos os participantes que também tinha à sua disposição vários monitores.

— Saudação a todos do comitê do museu da Cruz Vermelha! — disse o diretor da OMS.

— Obrigado, senhor diretor! Saudamos também a todos da OMS! — respondeu o diretor da Cruz Vermelha.

— Informamos que a pauta da reunião será a situação de contaminação e controle da pandemia! — disse o secretário da OMS.

— As informações até momento são de anarquia em todos os lugares do mundo! — iniciou a conversa o diretor do museu.

— As baladas, festas, aglomerações, liberação de festas em todo o mundo são um afronte — afirmou um palestrante.

— Uma vergonha é a liberação do carnaval no Brasil! — gritou outro palestrante.

— E agora, senhoras e senhores, temos que lidar também com a abertura do comércio! — informava mais um.

— Não podemos esquecer a abertura dos portos e aeroportos!

— O vírus vai se espalhar pelas escolas, igrejas e por todas as atividades esportivas que representa o aumento das contaminações e mortes — afirmava o palestrante do museu. — A desobrigação do uso da máscara e das medidas protetivas sinaliza que não estamos no fim da pandemia, mas no início das variantes — continuou.

Capítulo 51

VARIANTES DA PANDEMIA

— Senhores diretores, vamos falar sobre as variantes da pandemia! É preciso moderação e paciência — disse o secretário.

— Nossa organização é imparcial, neutra e independente, mas estamos sobre ameaça de guerra, e isso não é aceitável — falou o diretor do museu.

— Por favor, questão de ordem! O primeiro tema são as variantes, Alfa, Beta, Gama e Ômicron! — insistia o diretor da OMS.

— Nossa missão é exclusivamente humanitária! Salvamos vidas nas zonas de conflitos armados ao redor do mundo! — retrucava o diretor do museu.

— Estamos tomando todas as providências cabíveis e necessárias para que cesse essa ameaça de guerra — informou o secretário.

— Nós temos que proteger as vítimas de guerra e a dignidade dos direitos humanos! — respondeu o diretor do museu.

O som de uma bomba caindo ao longe chamou atenção do professor, mas não foi percebido pelos demais.

O debate seguia acalorado, com os nervos e os ânimos aflorados, sem definição do tema e de acordo em comum, por isso um dos diretores da Cruz Vermelha fez questão de apresentar os mensageiros consultores da pandemia.

— Nós temos hoje participando dos debates os ilustres mensageiros da pandemia, que serão nossos consultores oficiais aos quais eu passo a palavra.

— Mensageiros consultores da pandemia, sejam bem-vindos! Por favor, nos atualize a respeito da pandemia — saudou-os o diretor da OMS.

O chão estremeceu, a terra temeu, e o lustre do teto balançou com a explosão de uma bomba morteira, mas novamente apenas o professor percebeu.

— Senhor diretor da OMS, senhor diretor do museu da Cruz Vermelha, nossas saudações! — iniciou o professor.

Ele então ouviu o som de várias bombas caindo, olhou pelo monitor à sua frente e notou que os demais não haviam sentido nem percebido nada, então prosseguiu.

— A vacina chegou finalmente aos braços dos brasileiros, mas não é suficiente para frear o preconceito dos sabotadores e dos negacionistas governamentais.

Capítulo 52

O MUNDO ENTROU EM COLAPSO

— As variantes Delta e Ômicron arrasam e destroem a economia e as famílias — informou Paulus preocupado com o professor.

— O mundo entrou em colapso com uma explosão de 400 milhões de pessoas contaminadas e mais de 5 milhões de vidas perdidas, principalmente nos países da Europa e da África — completou Ramiro.

A terra tremeu pela segunda vez incomodando o professor, que se levantou e olhou pela janela causando estranheza nos demais.

— As autoridades sanitárias russas registraram, nas últimas 24 horas, 21.042 mil novos casos e um recorde de mortes por Covid-19 pelo segundo dia consecutivo, com 670 óbitos — informou o professor.

— A Coreia do Sul e o Vietnã aumentaram para mais de 178 mil o número de registros diários; agora são 337 mil casos na média móvel de infecções a mais no mesmo período — continuou Paulus.

— A China registrou 5.280 casos, o maior patamar desde o início da pandemia — acrescentou Ângelo.

O professor estava tão desconfortável com o som das bombas caindo cada vez mais perto do local onde estavam reunidos que perdeu o foco da reunião se questionando se estavam à beira de uma guerra.

— A Alemanha ultrapassou a marca de 260 mil novos casos registrados nas últimas 24 horas — relatou Nenê.

— O Brasil sempre foi uma referência mundial na campanha de vacinação, por isso temos dois desafios para vencer em um uma mesma guerra — disse o professor olhando para o monitor preocupado.

— Além do vírus, temos a burocracia governamental, que cria "fake news" abertamente, nas redes sociais, tentando convencer as pessoas a não tomar a vacina contra a Covid-19 — completou Ramiro.

Capítulo 53

AS BOMBAS QUE ABALARAM GENEBRA

As bombas pareciam cair a todo o momento, mas não havia nenhuma reação ou expressão de medo ou susto dos palestrantes. O teto estralou e trincou, um pozinho branco caía deixando a mesa de mogno bem branquinha.

— Hoje poderia ser o dia da vitória se a vacina estivesse sendo ministrada em mais de 75% da população! — exclamou o professor. Ele se levantou, foi até a janela e viu um cano longo sendo montado no chão por um terrorista, um morteiro com vários projéteis e explosivos prontos para disparar.

— Hoje, a OMS listou mais duas versões de vacina dando luz verde para serem lançadas globalmente — informou Carvalho olhando para o professor.

— Agora nossas crianças estão sendo vacinadas. Deus nos dá essa esperança! — exclamou Reale olhando assustado para o professor.

O mestre sentia o chão tremer e rachando como se fosse um terremoto, o som do tiro direto das bombas morteiro estava explodindo nas janelas, mas não havia nenhuma reação dos presentes que estavam anestesiados e hipnotizados.

— Senhores diretores, Acordem! Vocês não estão ouvindo o som dos morteiros e das bombas caindo? Estamos sendo atacados!

A reação negativa dos palestrantes foi perturbadora. Não esboçavam nenhuma reação. Estavam tão alucinados que não paravam de discutir enquanto as bombas explodiam o lugar.

O professor se levantou, quebrou os aparelhos monitores e retirou os fones dos ouvidos dos palestrantes, despertando-os para um mundo real de guerra.

O lugar todo estava sobe ataque, uma tremenda explosão estremeceu a praça, as pessoas corriam em meio a uma nuvem de fumaça que cobria a catedral de Saint Pierre.

Milhares de soldados austríacos, italianos e franceses montaram várias barricadas na rua para impedir o avanço das tropas inimigas.

— Quem está nos atacando? — perguntou Paulus a um dos soldados aliado.

Anarquistas estrangeiros, terroristas suspeitos de integrar o Estado Islâmico, atiradores de elite e homens-bomba — respondeu o soldado.

As autoridades da Suíça abateram os invasores, que realizavam os vários ataques simultâneos e elevaram o nível de alerta de segurança da cidade.

Os prédios mais danificados pelas bombas produziam uma fumaça tóxica e deixavam as vítimas nas ruas, que eram prontamente atendidas por médicos e socorristas. Havia muita correria e desespero das pessoas que não sabiam o que estava acontecendo.

Os carros e as casas incendiadas foram imediatamente abafados por um pó químico usado pelo corpo de bombeiros que varria as chamas das ruas com jatos potentes, lançados com mangueiras seguradas por valorosos brigadistas.

— Vamos ajudar essas pessoas e sair desse lugar agora! — orientava o professor tentando localizar os colegas sumidos na fumaça.

Os mensageiros consultores tentavam a todo custo sair dos escombros, passando pelos ferros contorcidos, resgatando vítimas dos destroços e presas embaixo de entulhos.

As vítimas consideradas mais graves eram levadas ao hospital mais próximo para socorro imediato e tratamento especializado.

As bombas que abalaram Genebra impediam que os mensageiros consultores deixassem a cidade pela via normal ou remota, mas felizmente todos estavam bem.

Eles, que presenciaram toda aquela tragédia, estavam se recuperando no hospital quando perceberam que aquele prédio tinha um ótimo sinal de Wi-Fi.

— Ilha de paz e tranquilidade você disse? — ironizava Ramiro ao professor.

— É o que dizia na propaganda de turismo da cidade.

— Temos sinal de conexão — disse Ângelo feliz da vida.

— Então vamos para casa! — falaram todos em uníssono.

O portal foi ativado, e os mensageiros consultores da pandemia o atravessaram rapidamente. Apesar de sentirem mais fortes os sintomas de labirintite, chegaram sorrindo ao suposto prédio da escola.

Capítulo 54

PARADOXO TEMPORAL

A escola parecia ter sido reformada. As cores estavam diferentes, com preto, vermelho e verde e um triângulo azul marcado por uma estrela.

As cores estavam colocadas e posicionadas como se fossem da bandeira de um país da África.

O prédio era meio deserto, não havia casas, lojas ou qualquer outro tipo de comércio ao redor, fato que desmanchou o lindo sorriso estampado dos viajantes.

Ouvia-se a todo o momento o som das sirenes de várias viaturas de ambulância, carro do corpo de bombeiros e de resgate que traziam pessoas feridas em macas correndo pelas ruas empoeiradas.

— Estamos no lugar exato de ponto de retorno? — perguntou Ramiro.

— Sim, esse é ponto exato do ponto de retorno. É um paradoxo temporal — respondeu Ângelo.

— Paradoxo temporal?! Explique-se, por favor! — pediu Carvalho.

— Esse é um paradoxo temporal do deslocamento em trânsito. Levamos conosco nosso próprio tempo presente sem poder alterar ou modificar qualquer linha da história — explicou o professor.

— Ainda assim, não entendemos como podemos estar em frente ao prédio da escola e não ser a nossa escola — insistia Reale.

— O paradoxo é como um homônimo de um GPS que busca por nomes de cidades iguais, mas em lugares diferentes — disse o professor.

— Esse prédio tem o símbolo da figura humana e as cores vermelho e branco do que parece ser uma unidade dos médicos sem fronteiras — investigava Nenê.

— Estamos no Sudão do Sul, um país rico em petróleo e um dos mais pobres do mundo — informou o professor.

Vários militares passavam correndo em marcha empunhado armas pesadas e grandes, como metralhadoras, rifle Winchester e vários tipos de pistolas, gritando palavras de ordem e cercando o perímetro da suposta escola.

— Estamos em uma zona desmilitarizada. É um armistício onde a atividade militar não é permitida devido a um acordo de paz — disse Paulus.

— O armistício é um acordo, uma trégua que suspende temporariamente as hostilidades entre os lados envolvidas em uma guerra.

Os mensageiros não foram hostilizados pelos militares, pois estavam com o traje de gala do Comitê da Cruz Vermelha.

— Isso quer dizer que ainda não estamos seguros e que uma guerra pode acontecer a qualquer momento — alertava Ramiro.

Os mensageiros ganharam esse título simbólico de consultores da pandemia após terem intermediado a vídeo conferência entre o comitê da Cruz Vermelha e a direção da OMS.

Os agentes de saúde aguardavam essas autoridades sanitárias da pandemia para os conduzirem à entrevista que estava acontecendo dentro do prédio.

Havia várias tendas montadas dentro da suposta escola, onde estavam sendo vacinadas as crianças, os jovens, os idosos, os refugiados de guerra e imigrantes oriundos de outras regiões.

— Vamos aproveitar a hospitalidade oferecida pelos médicos sem fronteiras, buscar um sinal de conexão que seja confiável e segura e seguir nosso destino — falou o professor.

Capítulo 55

O DOUTOR SANITARISTA

Um médico sanitarista relatava para um grupo de repórteres um breve histórico da pandemia da Covid-19:

— A OMS tem trabalhado com especialistas globais para combater as sete variantes do coronavírus já identificados nos humanos.

— É verdade que existe uma desproporção muito grande com bolsões de pessoas que não estão sendo imunizadas nos países de baixa renda? — perguntou uma repórter.

— É por isso que estamos aqui para imunizar essas pessoas.

— Existe o risco de surgirem novas variantes de alto impacto, como a Ômicron, que podem prosperar? — Quis saber outro repórter.

— Sim, por isso estamos em alerta, preparados para detectar, isolar e cuidar precocemente de pacientes infectados com o novo coronavírus — respondeu o médico reconhecendo os mensageiros da pandemia.

— Senhoras e senhores, é com muito prazer que convido para maiores informações nossos ilustres consultores da pandemia!

Os mensageiros foram aplaudidos calorosamente pelo público presente quando perceberam que o médico que fazia o primeiro relatório era um grande amigo, um dos atores nas atividades teatrais na comunidade.

O doutor reconheceu os amigos que não via há tanto tempo e quebrou o protocolo indo abraçá-los sem nenhuma cerimônia.

— Doutor Raulino, você é um médico sem fronteira, um doutor da esperança! É um grande prazer reencontrá-lo! — disse o professor enquanto todos se abraçavam chorando de alegria.

— O prazer de recebê-los aqui é todo meu, é uma pena que não seja em condições mais agradáveis! — lamentava o doutor Raulino.

— Receba nossos mais sinceros parabéns pela ajuda médica e humanitária a essa população carente! — ressaltou Ramiro.

— Obrigado, mas o coronavírus está por toda parte no mais alto nível de alerta da Organização Sanitária Internacional.

— O trabalho fica mais difícil em casos de conflitos armados, catástrofes, epidemias, fome e exclusão social — completou Reale.

— É nosso desafio e faz parte da nossa missão — falou Raulino quando foram interrompidos pelos repórteres.

— Senhores consultores da pandemia, podemos acreditar que o surto da Covid-19 acabou?

— Não! Existe surto de Covid-19 em vários países e regiões do mundo — explanava o professor quando foi interrompido por sinal sonoro.

— Alerta de invasão de perímetro! — gritava o sargento correndo para o portão central.

O professor olhou para a equipe de médicos sem fronteira, que lhe fez um sinal para continuar.

— Por que o Brasil não conseguiu vencer a pandemia?

— Por causa da retórica negacionista? — respondeu Paulus quando se ouviram várias rajadas de tiros de metralhadora.

A série ininterrupta de tiros fez com que todos fossem ao chão para se proteger. De repente fez-se um silencio, e a entrevista continuou.

— No Brasil e no mundo, registraram-se mais de 18 milhões de óbitos — informou Carvalho.

— O Brasil não foi um exemplo no quesito de estratégias coletivo; mesmo com as vacinas, foi altíssimo o número de óbitos — completou o professor, novamente interrompido.

— Alerta de segurança no portão principal! — ordenou o tenente aos militares que já estavam na vigia do portão.

Capítulo 56

GUERRILHEIROS DA VACINA

Ao longe se ouvia o som de várias rajadas de tiros de metralhadora e gritos de comando. A entrevista seguia com restrições e cuidado.

— Não conseguimos implantar políticas em várias frentes — dizia Ramiro.

— Não é possível atuar de maneira mais forte e ágil com tantos dados fragmentados e defasados — retrucava Paulus, interrompido pelo som da sirene.

— Invasão de perímetro do lado sudoeste! — gritou o sargento fazendo sinal para continuarem a entrevista.

— Será preciso uma reação mais enérgica por meio de um sistema de alerta para possíveis pandemias que não seja somente focado na vacina? — perguntou um repórter.

— O Sars-cov-2 veio para ficar porque ele é um vírus de alta transmissibilidade que se adaptou bem à espécie humana — respondeu o professor, e soou novamente a sirene.

— Atenção base de comando, aqui é a frente da fronteira, estamos sendo atacados no portão central pelos guerrilheiros!

— Positivo frente da fronteira! Estamos enviando um pelotão de apoio — informou pelo rádio o soldado da base de comando.

— Positivo base! Mensagem recebida! Ok, doutores, perímetro está seguro podem continuar a entrevista — disse-lhes o sargento.

— E qual é solução? Existe uma mágica para disseminar o Sars-cov-2 ou qualquer outro vírus? — perguntou uma repórter.

— A mágica para uma resposta global é um desafio que também é global, é chegar a 2022-2023 com um estágio de necessárias ações coordenadas de maneira compartilhada e definitiva contra qualquer vírus— respondeu o professor.

A entrevista dessa vez foi totalmente paralisada pelo som da sirene que disparava sem cessar nos ouvidos dos sitiados.

— Atenção base de comando, aqui é a frente da fronteira solicitando apoio aéreo e terrestre! Apoio aéreo! Negativo! As aeronaves foram abatidas pelos guerrilheiros populares de libertação. Fechem o portão principal e selem com travas de segurança máxima! Não se preocupem, nada poderá entrar nesse lugar porque esse portão foi construído com aço reforçado, ninguém o derrubará.

Os guerrilheiros populares de libertação estavam avançando em direção ao portão principal com uma grande tora de madeira para derrubá-lo, mas tudo isso era uma distração.

Enquanto todos prestavam atenção aos fortes ataques ao portão principal, a verdadeira invasão acontecia pelo rio por piratas da pandemia.

— Soltem as armas, vocês estão cercados, não viemos aqui para machucá-los — disse o líder da guerrilha.

Os militares da frente da fronteira não se renderam e entraram em formação de defesa, protegendo todos os presentes.

— Seus mercenários, digam o que vocês querem e pouparemos suas vidas — falou o tenente

— Estamos em maioria, por isso vocês não estão em posição de negociar, muito menos exigir nada — respondeu o líder da guerrilha.

O clima ficou extremamente tenso com os dois grupos de militares com as armas em punho pronto para atirar.

— Não somos mercenários, somos "O exército Popular de Libertação do Sudão" — falou com orgulho o líder da guerrilha.

— Esse é nosso último aviso! Vão embora agora! — disse o tenente com precisão.

A situação de conflito estava estabelecida e sem nenhuma chance de evitar um derramamento de sangue dos dois lados, porém era visível reconhecer e aceitar que o Exército Popular de Libertação era muito numeroso.

Capítulo 57

VOZES DA ALDEIA

O Exército Popular de Libertação não queria o confronto direto, mas precisava se impor pela força, chamar atenção dos médicos sem fronteiras para que fossem ouvidos e garantir que houvesse ajuda humanitária para as aldeias.

— Nós somos guerrilheiros por causa da escassez de alimentos, combustíveis e medicamentos. Viemos porque precisamos da vacina para imunizar nossa gente — disse o líder da guerrilha.

— Vocês são piratas da vacina, contrabandistas que usam o comércio e o tráfego internacional de vacinas! — retrucou o tenente.

— Nós já estamos vacinando a sua gente! — falou o doutor Raulino.

— A minha gente não está aqui, está nas aldeias onde os agentes de saúde não conseguem chegar.

— Somos os médicos sem fronteiras e temos coragem de ir até sua aldeia para imunizar sua gente! — falou o professor com ousadia.

— Não é seguro, professor! Não temos como garantir a escolta de ir e vir com vida — informou o tenente.

— Não temam, vocês dizem que essa é uma zona desmilitarizada! Então nós honraremos nosso acordo de paz garantindo-lhes uma escolta segura até nossa aldeia para que possam vacinar nossa gente — respondeu o líder da guerrilha.

Houve um grande silêncio e um momento de reflexão em que todos se olharam e decidiram que cumpririam mais essa missão.

— Está bem! Nós iremos até a sua aldeia, mas queremos mais do que palavras como garantia — impôs o doutor Raulino.

— Manteremos nosso acordo de paz pela memória e honra de nosso fundador histórico Jon Garant — disse o líder da guerrilha.

— Jon Garant foi o líder da rebelião contra o Norte que morreu em um suposto acidente de helicóptero em 2005 — explicou o doutor Raulino

A equipe dos médicos sem fronteira, os mensageiros consultores da pandemia e os militares da frente de fronteira seguiram em paz para as aldeias levando presentes para as crianças nativas e vacinando com sucesso os nativos, que os recebiam com alegria, por onde passavam.

Escoltados pelo Exército Popular de Libertação do Sudão, o grupo tinha acesso livre e seguro pelas aldeias e civilizações mais antigas da África.

— Esses povos são conhecidos como o povo núbio, mais à frente estão as aldeias dos povos de Wawa e o grandioso templo de Soleb descoberto no século XIX — explicava o doutor Raulino.

O canto dos nativos entoados na vos das crianças transmitiam emoções que ecoava pelas pedras e relevos milenares acompanhando a caravana dos vacinadores sem fronteiras

— Esse canto das crianças nativas é um agradecimento à colheita e o anúncio da chegada da esperança. São ouvidos a quilômetros de distância — explicava o doutor Raulino.

— É nossa maneira e tradição de dar as boas-vindas aos nossos ilustres visitantes — disse o líder da guerrilha.

As aldeias em que os nativos estavam sendo imunizadas faziam uma grande festa em comemoração ao Dia da Independência, com a participação de dezenas de homens e mulheres vestidos com trajes típicos locais.

A caravana dos vacinadores apreciava cada momento do legado cultural se divertindo com as mais bonitas e diferentes apresentações das danças tradicionais de diversas regiões do Sudão do Sul.

— Saudamos nossos heróis e os familiares que perderam seus entes queridos durante os 21 anos de guerra entre o norte e o sul do Sudão!

Capítulo 58

VACINADORES SEM FRONTEIRA

A equipe de vacinadores sem fronteiras conseguiu vacinar todos nas aldeias e cumpriram a missão com enorme sucesso, honrando o compromisso com o líder da guerrilha.

— Hoje vocês provaram ser dignos de pisar nesse solo sagrado e têm a gratidão dos nossos povos milenares e a nossa! — agradeceu o líder da guerrilha.

Os três cantos dos nativos foram entoados com as danças típicas em uma grande roda. Toda a equipe de vacinadores participou com espontaneidade, disposição e alegria.

— Honraremos nosso acordo e mantermos nossa palavra — disse o líder da guerrilha quando as tribos davam seus famosos e lendários gritos do deserto.

— Esse é o famoso grito do Sudão, que sai do deserto com pretensões de alertar a opinião pública para o drama da comunidade e apelar para a importância de ajudá-los — informava o doutor Raulino.

O grupo se despediu das tribos e foi levado em segurança ao centro da cidade, até o mausoléu de Jon Garant, onde os mensageiros consultores da pandemia puderam assistir ao desfile e às manifestações organizadas pelas forças militares do sul.

O ambiente era carnavalesco, com carros de som e caminhões com alto-falantes que divulgavam o novo hino do Sudão do Sul, seguidos de uma caravana de motocicletas, que faziam soar buzinas, enquanto as pessoas gritavam de alegria.

Milhares de cidadãos, vários convidados e chefes de Estados procedentes de outros países chegavam ao aeroporto de Juba, capital do novo país que registrava uma atividade sem precedentes.

Para celebrar a ansiada independência, muitas pessoas andavam pelas ruas vestidas com as cores da bandeira do país, preto, vermelho e verde, e aguardavam o grande momento da cerimônia de apresentação da grande protagonista.

Os mensageiros consultores oficiais da pandemia impecavelmente vestidos com o traje de gala do Comitê Internacional da Cruz Vermelha foram convidados especiais para participar do evento com direito a um intérprete.

— Queridos sudaneses, recebam os mensageiros do fim da pandemia que terão a honraria de içarem "A nova insígnia do Sudão do Sul"!

A trupe de atores foi aplaudida pela multidão enquanto descia do palco sendo fotografada e entrevistada por vários repórteres.

Aquele momento histórico significou uma grande verdade de boas-vindas à nova nação, despertando com orgulho, nos corações dos mensageiros voluntários e vacinadores, o sentimento de dever cumprido.

O doutor Raulino, com os olhos marejados, entendeu que era a hora certa de se despedir dos consultores mensageiros, os quais sinalizam a intenção de voltar para casa.

Um após o outro, se abraçou chorando de alegria, confirmando verdadeiramente o laço de grande amizade entre eles endossadas, com muitas palavras de carinho.

— Obrigado pela sua visita, nunca vou me esquecer de nossa amizade! — disse o doutor Raulino com lágrimas nos olhos.

— Nós que temos que agradecer a grande oportunidade de viver esse momento único e maravilhoso em nossas vidas! — respondeu o professor emocionado.

Ângelo e Carvalho faziam ajustes necessários para acionar o sistema operacional de maneira segura, correta e com o endereço digital atualizado.

— Estamos prontos para partir, vamos embora, senhores, nossa missão aqui terminou — afirmou o professor.

Os mensageiros consultores do fim da pandemia acionaram o sistema operacional, abriram o portal na certeza de que dessa vez o destino estava traçado corretamente para casa.

Capítulo 59

A CORRIDA DAS VACINAS

Quando chegaram à escola já era à noite. Os mensageiros esperavam uma recepção calorosa e festiva em que pudessem exibir com orgulho aquele lindo traje de gala do Comitê Internacional da Cruz Vermelha.

O grupo, porém, percebeu que alguma coisa havia mudado, estava tudo diferente. Havia um clima misterioso no ar à medida que se aproximavam da escola. Certificaram-se de que estavam no mesmo local e na mesma época, ou seja, no tempo presente.

Ainda faltava descobrir de onde vinham os burburinhos, as vozes e buzinas. Deram-se conta de que não estavam na mesma escola, e sim na rua acima da primeira escola do bairro conhecida com dona Marcelina.

Havia sete ônibus leitos executivos preparados para viagens e excursões estacionadas na rua onde se formavam grandes filas para o embarque.

Os agentes de saúde orientavam as pessoas com morbidades, idosos, professores, alunos e os encaminhavam para qual ônibus deveriam embarcar. Ao se aproximarem, perceberam que os veículos não eram para uma provável excursão.

Cada transporte estava equipado adequadamente funcionando como um ambulatório, e cada um deles pertenciam a um país diferente.

Havia vários repórteres fazendo propaganda e manchetes sensacionalistas da sua vacina. Cada país usava sua própria rede de televisão com entrada ao vivo.

Cada emissora mostrava as pessoas que já estava sendo vacinadas com sucesso como se estivessem em seu país de origem.

— Isso aí é um blefe, é uma farsa, essas pessoas estão no Brasil, é tudo mentira! — falou Ramiro.

— Estão comercializando a vacina como se fosse uma mercadoria! — exclamou Paulus.

— Estamos ao vivo no posto de vacinação do laboratório da chinesa Sinovac CoronaVac! — dizia uma repórter.

— Aqui não é a China, não estamos na China! — retrucava Nenê sendo levado para dentro do ônibus do laboratório da China.

— Nós do laboratório da Moderna, dos Estados Unidos, começamos a vacinar as crianças com kit Covid-19! — anunciava uma jornalista.

— Isso não é verdade, estamos no Brasil! — falava Reale sendo levado para o ônibus do laboratório da Moderna.

— A vacina Sputnik V, do Instituto Gamaleya, tem mais eficácia contra as novas variantes! — afirmava um repórter.

— Os moscovitas invadiram o Brasil! — dizia Ângelo sendo carregado para dentro do ônibus do laboratório da Sputnik.

— A vacina da Janssen foi aprovada pela ANVISA porque é segura, eficaz e está sendo aplicada em pessoas com hipertensão, doença pulmonar crônica, doença cardíaca significativa, obesidade e diabetes.

— Essa vacina ainda não tem aprovação da ANVISA! — gritava Carvalho sendo carregado para dentro do ônibus do laboratório da Janssen.

— A vacina da Oxford AstraZeneca está sendo ministradas aos profissionais de saúde, aos idosos, às pessoas com morbidades e mulheres grávidas — informava um repórter.

— Somos todos brasileiros, estamos no Brasil! — falava Paulus sendo carregado para dentro do ônibus do laboratório da Oxford.

— A alemã Pfizer BioNTech está sendo aplicada com uma eficácia de 95% contra a infecção sintomática por SARS-CoV-2!

— Esse laboratório está no Brasil! — retrucava Ramiro sendo carregado para dentro do ônibus do laboratório da Pfizer BioNTech.

— A Covaxin foi aprovada pela OMS e está sendo ministrada com muita segurança e eficácia salvando vidas! — falava uma repórter entusiasmada.

— Essa vacina foi proibida no Brasil! Ela foi superfaturada! Foram US$ 15 por vacina! — falava o professor sendo carregado para dentro do ônibus do laboratório da Covaxin.

Os repórteres sem fronteiras estavam presente na cobertura vacinal para dar credibilidade a todos os laboratórios que prometiam veracidade na eficácia da vacina.

Capítulo 60

SEDE DE JUSTIÇA

Todos pararam de falar, prestaram atenção na denúncia dos mensageiros e correram para a porta do ônibus farmacêutico Bharat BioNTech para maiores esclarecimentos.

— Essa vacina da Covaxin é a mais cara das vacinas compradas até agora pelo Brasil! — exclamava o professor.

As empresas farmacêuticas se acharam injustiçadas, enganadas e começaram a protestar com palavras de ordem contra a farmacêutica Bharat BioNTech.

— Injustiça! Injustiça! Injustiça! Queremos justiça! — gritavam os manifestantes.

— O valor altíssimo dessa vacina vai fazer o ministro da saúde ser exonerado — informava o professor.

— Injustiça! Injustiça! Injustiça! Queremos justiça! — gritavam ainda mais os manifestantes vindos de todas as direções.

— Essa vacina não foi autorizada por falhas de documentação no contrato! — gritava Paulus saindo do ônibus.

— Injustiça! Injustiça! Injustiça! Queremos justiça! — continuavam gritando os manifestantes formando uma grande multidão.

Os mensageiros saíram dos ônibus e se aproximaram da multidão de jornalistas e ficaram ao lado do professor.

— O Instituto Butantã e a Fundação Oswaldo Cruz, em parceria com alguns laboratórios mundiais, produzirão milhões de vacinas — informou o professor.

— Injustiça! Injustiça! Injustiça! Queremos justiça! — gritava a multidão de manifestantes cercando os ônibus das farmacêuticas.

Capítulo 61

UM ABALO SÍSMICO

Nesse momento houve um estrondo, um tipo de tremor abrupto e intenso. O chão tremeu com o movimento brusco e repentino do terreno.

"O que estava acontecendo? Era um abalo sísmico? Era mesmo um terremoto?" Questionava o professor.

As pessoas correram em todas as direções quando o chão se abriu aos pés do professor fazendo um barulho ensurdecedor.

O barulho parecia ser de uma britadeira, ou o zunido massacrante de um martelete. Pedras espirravam para todos os lados, ferros se contorciam, blocos de concreto rolavam pela calçada, e a poeira levantava cegando as vistas.

O Brasil não sofre com a ação dos terremotos de maneira intensa, pois o país localiza-se no centro da placa tectônica sul-americana! — dizia o professor.

Então o que seria aquele inusitado fenômeno que interrompia o maior discurso de um cidadão cristão?

Era simplesmente o final de tudo, o final da história e o final de uma noite de sonho!

Os voluntários da vacina contra a pandemia Nenê e Carvalho exibiam-se orgulhosos "A Grã-Cruz do Mérito com a Estrela da República Federal da Alemanha".

A estrela da Grã-Cruz do Mérito começou a desaparecer em flocos levadas como folhas ao vento!

As medalhas de honra ao mérito que traziam no peito de Reale e Ramiro se transformaram em areia que escorriam em suas mãos.

Os cordões trançados com fios de ouro ganhados na roda de capoeira na África do Sul viraram ramos e tomilhos selvagens em cores lilás e amarelas, que caíram abruptamente e secaram ao chão.

O traje impecável de gala usado pelo professor, por Paulus e Ângelo para içar a nova bandeira do Sudão do Sul se desfazia em tiras e em turbilhões de cores que se misturavam e se soltavam no ar.

O mundo do professor se desfazia em pedaços e cores.

Capítulo 62

O DESPERTADOR

Tudo parecia fazer sentido no sonhar, no frágil tear da mente adormecida do professor que estava desabando e sinalizando para seu fim.

Era uma conclusão precipitada ou um questionamento improvável de suas faculdades mentais de que o fim de sua aventura e fantasia estava próximo.

A dúvida era extremamente desconfortável, pois não havia uma realidade para se sustentar. Nada sólido e concreto o bastante conseguia o prender naquele lado temporal.

As interferências constantes das tempestades magnéticas, os temores frequentes de terra causados pelas bombas e as frenéticas rajadas de metralhadoras que perturbavam o sono do professor era nada mais do que uma tentativa de acordá-lo para o mundo desperto.

O som do estrondo das batidas das marretas, furadeiras e marteletes vinha de uma casa do final da rua onde ele morava.

A casa estava sendo reformada, e o barulho da obra acordou o professor às sete horas da manhã, do dia 20 de março de 2020, interrompendo um sonho memorável revivido que começou lá em 1978.

Ele se levantou, pegou sua agenda de capa marrom e começou a escrever os fatos marcantes da história e registrar detalhadamente tudo aquilo que se lembrava do seu sonho.

Seu sonho precisava de um começo, um início, uma frase marcante, um fio de ninhada para desenvolver a história.

O sonho desvairado seria intitulado de "Sonho 78", que sinalizava uma necessidade obrigatória de uma mensagem que daria origem ao título original "Mensageiros da pandemia".

A vacina chegou para bilhões de pessoas no Brasil e no mundo, mas infelizmente a imunidade vacinal não chega para todos, o que representa uma séria ameaça ao controle da pandemia em nível global.

A OMS prevê uma vacina polivalente que seja eficaz para combater ano a ano todas as possíveis variantes e subvariantes da Covid-19.

Há uma desigualdade muito grande em várias partes do mundo na questão humanitária de política de campanha de vacina, especialmente para o continente africano e alguns países do mundo.

O Brasil conseguiu vacinar 85% da sua população, incluindo a quarta e quinta dose e uma possível dose extra chamada de bivalente.

Foi criado um método conhecido como a xepa da vacina, uma medida para tentar evitar o desperdício de doses.

São as doses que sobram dos frascos e que não podem ser aproveitadas no dia seguinte por causa do prazo de validade. Como não podem ser desperdiçadas, são aplicadas em pessoas que moram próximas às unidades de saúde, perto do horário do encerramento diário da vacinação.

A xepa da vacina foi também uma lição de moral para aplacar a ira e as falas daqueles que se negam a tomar a vacina que já salvou milhões de pessoas no mundo.

Capítulo 63

ENQUANTO HOUVER SOL

Enquanto houver sol, há esperança para salvar e proteger nossas famílias, nossos colegas e todos que amamos.

"Em 2022, o Brasil atingiu a marca 35 milhões de casos de Covid-19 e registrou mais de 680 mil óbitos".

Em 2023, o Brasil chegou a registrar mais de 700 mil mortes, e uma pessoa morre a cada três minutos no mundo.

O Brasil começou a aplicar a vacina bivalente com uma cobertura de 513 milhões de pessoas em uma tentativa de voltar a ser uma referência vacinal no mundo.

A OMS decretou o fim da emergência global da Covid-19 em março de 2023, mas deixou bem claro de que o vírus vai fazer parte de nossas vidas para sempre e que não se pode esquecer as medidas de higienização aprendidas e utilizadas durante a pandemia.

Jamais esqueceremos as cenas que ficaram para a história com as ruas desertas, o comércio fechado, as centenas de covas abertas nos cemitérios e os hospitais cheios de pacientes colapsando o sistema nacional de saúde.

O aviso foi dado, a pandemia está controlada, o pior medo ainda é o de morrer, e o pior erro é não tomar a vacina.

Fim.

Professor Elias José

CONSIDERAÇÕES FINAIS

Temos a certeza de que outras pandemias virão e que será sempre um grande desafio para a comunidade científica e uma luta incansável de médicos, cientistas e infectologistas na pesquisa para a fabricação de novas vacinas para combater qualquer e todo tipo de vírus.

Contato social
E-mail: eliasjsfilho@gmail.com
Grupo teatral Raio-X Cultural
Instagram: @gpcultural.raiox

Carta ao leitor

Obrigado por ler meu livro! Obrigado pelo carinho! Espero ter agradado e correspondido às suas expectativas.